I0691082

E

ROSÉMONT.

Ah !.... Dieu soit béni ; m'y
voilà bientôt !

LA VENGEANCE

MATERNELLE,

ET

LES SITUATIONS

DU CHEVALIER

DE ROSEMONT,

Ecrites par lui-même.

———————

A PARIS,

Chez la Veuve Tiger, au Pilier Littéraire, Place de Cambrai.

════════════

AN SIXIÈME.

HISTOIRE

DU CHEVALIER

DE ROSEMONT.

LE chevalier de Rosemont étoit d'une naissance illustre ; son père dont le nom est caché sous celui du comte d'Argenville, avoit passé par les premières places, et se fit également remarquer dans la paix et devant l'ennemi ; mais ce courage invincible ne put résister aux charmes de mademoiselle de P..... Son amour violent ne lui laissa pas le tems de la connoître ; le Comte étoit droit et sincère, tout le monde devoit l'être comme lui. Il la demande en mariage ; un bien assez considérable accompagnoit ses appas ; on fait d'abord difficulté de la lui donner : pour aiguiser ses désirs, on fait naître des obsta-

A

cles ; l'amour du Comte les détruisit tous ;
enfin on l'accepte pour gendre.

Le caractère fourbe et emporté de mademoiselle de P....., un naturel noir et mé-
chant, lui avoient attiré l'indignation et
le mépris de sa mère ; elle étoit trop prudente pour laisser transpirer un bruit aussi
désavantageux ; un couvent avoit, jusqu'alors, caché à tout l'univers ce monstre. Elle en sortit ; le désir de trouver un
parti la fit se contraindre ; c'est ce qui
trompa le Comte.

Il l'épousa, espérant d'être heureux ; les
premiers mois il ne s'aperçut pas de son
malheur ; la Comtesse ne dissimuloit que
pour mieux jouer son rôle ; mais enfin le
voile tomba, et le Comte ne vit plus en
cette femme, qui lui avoit paru si charmante, qu'un démon déchaîné.

Ses regrets arrivèrent trop tard ; il étoit
trop sage pour faire un éclat qui pût désho-
norer son épouse ; il fallut dévorer son
chagrin ; la naissance d'un fils suspendit
un peu la violence de ses peines ; bientôt

un second vint encore augmenter la famille ; c'est ce dernier qu'on appela le Chevalier de Rosémont.

Autant il étoit doux et aimable , autant le Vicomte, son frère , étoit dur et farouche ; sa mère l'adoroit , sa conformité d'humeur avec elle le lui faisoit chérir ; Rosemont bon , vertueux , étoit l'objet de leur haîne ; il leur falloit une victime , c'en étoit une , et le comte d'Argenville eut quelques instans de repos.

Le Chevalier fut mis au collège , l'aîné resta avec sa mère, qui ne pouvoit se passer de lui ; leurs persécutions contre le Comte recommencèrent : la dépense étoit prodigieuse , les remontrances inutiles. Enfin fatigués des avis réitérés du Comte , ils concertèrent de s'en défaire par le moyen d'une interdiction.

Rosemont étoit déjà âgé et très-formé : sa mère voulut tenter de le mettre dans son parti, elle lui fit mille caresses , lui parla de chevaux , d'argent , qu'il auroit si le projet avoit lieu ; le Chevalier fut inébranlable ; allarmé de ces indignes desseins , il en avertit son père qui en fit de vifs reproches à sa femme et à son fils... On ne les oublia pas , et le Vicomte et sa mère jurèrent de s'en venger.

Le Chevalier étoit faché de voir augmenter la haîne de sa mère et de son frère. Qu'il est triste , s'écrioit-il , étant né avec un cœur tendre , de ne pouvoir aimer , ni être aimé des personnes qui me doivent être les plus chères ! La Comtesse , mon frère me détestent , parce que j'aime mon père , et je ne puis avoir leur amitié , sans participer à leurs crimes ; heureusement mon père m'aime... Si j'allois perdre son cœur.... c'est ma seule ressource.

Rosemont sortit du collège ; on cherchoit l'occasion de se venger , la fourberie vint au secours ; on feignit de l'aimer , après avoir employé assez de tems pour faire croire ce racommodement sincère , on fit jouer une manœuvre sourde pour le perdre dans l'esprit de son père. Le Comte étoit bon , simple ; on abusa de sa crédulité.

Le Vicomte fit écrire , par des filles ga‑
gnées , diverses lettres adressées au Cheva‑
lier , où il paroissoit dans la plus grande
intimité avec elle , et entr'autres , il y en
avoit une , où , après avoir beauconp badiné
sur son père , elle lui demandoit quand il
l'épouseroit comme il le lui avoit promis.
Le Comte aperçut ces lettres que la Com‑
tesse , comme par mégarde , laissa tomber
devant lui de sa poche ; il en demande
l'explication ; la Comtesse paroît être dé‑
sespérée de son étourderie , disant qu'elle
avoit voulu étouffer ce mistère , que Rose‑
mont est jeune et se corrigera peut-être....
qu'au reste elle ne peut s'empêcher d'avouer
que la faute est grave , et qu'elle l'en au‑
roit instruite sans la crainte que l'on n'at‑
tribuât son zèle à un reste de ressentiment,
dont elle est bien éloignée.

Le Comte , délicat sur l'honneur, prend
feu , il fulmine ; Rosemont est appelé : les
lettres lui sont montrées ; il reste d'abord
interdit , veut ensuite se justifier , mais
son père lui impose silence , et lui ordonne

A 3

de ne paroître de ses jours devant lui ; par
grace il lui assigne, au fond de la Basse-
Normandie, un vieux château ruiné.

Le Chevalier part, la tristesse qui l'ac-
cabloit ne lui fit compter qu'un instant de
son départ à son arrivée ; la première
chose qui le frappe, c'est un vaste mon-
ceau de pierres, des ruines, des ronces de
tous côtés ; il fut obligé de demeurer chez
le Fermier, en attendant qu'on eût mis en
état de le loger une espèce de chambre qui
restoit.

Rosemont sentoit bien qu'à son âge il avoit
non - seulement besoin de connoissances,
mais d'amis pour le conduire, il s'informe
des habitans des environs ; le Fermier lui
enseigne un gentilhomme voisin qui vivoit
dans sa terre, et jouissoit de la plus grande
réputation.

Rosemont ne manqua pas d'aller lui
rendre visite ; la figure de monsieur Dorville prevenoit en sa faveur ; c'étoit un
vieillard respectable. Aussi-tôt qu'il aperçut le Chevalier, n'êtes-vous pas mon-

sieur de Rosemont , lui dit-il ? votre Fermier m'a appris que vous désiriez me voir ,
j'en suis ravi , cela est rare à votre âge
d'aimer la vieillesse ; embrassez-moi, j'aime
les jeunes gens , je ne leur demande qu'un
peu de retour : j'en exige dès à présent
une preuve , bannissons la cérémonie , et
restez à dîner avec nous. — J'accepte avec
plaisir votre proposition , lui répondit Rosemont , je serai enchanté de lier une étroite
connoissance avec vous et votre épouse.
Par quel hazard , reprit Dorville , si jeune,
êtes-vous dans ce triste château ? ce ne
sera sans doute pas pour long-tems ? Hélas ,
dit le Chevalier en soupirant, je ne sais
s'il est à souhaiter pour moi de le quitter.
— Que signifie ce discours ? Etes-vous ici
sans terme fixe pour en sortir ? Ayez de
la confiance en moi ; mon expérience et
mes malheurs vous doivent en inspirer.

Rosemont lui raconta le sujet de son
exil : ce traitement est dur , dit Dorville ,
après avoir entendu ce récit , la vengeance
est violente ; c'est en cela qu'il y aura plus

de mérite à la supporter; c'est par les bons procédés qu'il faut faire revenir à elle madame d'Argenville ; quoiqu'elle n'ait pas pour vous les sentimens d'une mère, ce n'en est pas moins elle qui vous a donné le jour; vous êtes son fils ; je sens qu'il est affreux d'être injustement haï, mais le tems découvrira tout; espérez; j'ai eu des malheurs, je les ai supportés sans murmurer, le ciel m'en a récompensé. — Et peut-on savoir quels sont ces malheurs? — Avec plaisir je vous en ferai le détail, nous ne dînerons pas sitôt et nous avons le tems.

HISTOIRE

DE M. DORVILLE.

Rouen est ma patrie , j'y ai passé les premières années de ma vie ; élevé comme tous les jeunes gens , je vécus comme eux ; j'eus le malheur de perdre mon père à l'âge de douze ans ; je ne sentis pas la grandeur de cette perte. Un de mes oncles , nommé mon tuteur, se chargea de mon éducation ; je répondis à ses soins. On me fit étudier sous les Jésuites qui alors instruisoient la jeunesse; par leurs soins , leur application , j'appris en peu de tems le latin, la poésie et plusieurs autres sciences qui, quoiqu'elles ne servent point habituellement , sont cependant utiles dans plusieurs occasions ; l'histoire, la géographie ouvrent l'esprit,

A 5

élargissent l'ame, l'élèvent au-dessus d'elle-même en lui dévoilant le passé sous des figures riantes et agréables.

Mes études finies, je quittai la province; Paris fut le lieu où l'on m'envoya pour achever de m'y former; on n'y manque point d'occasions pour faire de la dépense; maître de mon bien, sans frein, sans réflexion, je me plongeai dans tous les désordres; je vous l'avoue, mon enfant, et je vous en fais le détail, pour que vous voyez à quoi est exposée la jeunesse livrée à elle-même.

J'eus les chevaux les plus fringans, le cocher le plus beau, la voiture la mieux peinte, l'habit le plus leste; ma vanité étoit satisfaite, mon amour propre content, lorsque j'entendois s'écrier.... Le bel habit! qu'il est riche!... Pauvre sot! cette louange auroit dû m'humilier, en voyant qu'on faisoit si peu de cas de celui qui portoit l'habit.

Ne connoissant personne, je fréquentai plusieurs maison de jeu; on m'y faisoit le meilleur accueil; j'étois le héros du tripôt. Quand je paroissois on se levoit, on m'apportoit un siége.... place à monsieur Dorville, place, c'est un ponteur excellent, le plus beau joueur de France. J'avalois cet encens; j'en rougis toutes les fois que j'y pense.

La maîtresse de cette maison de jeu avoit deux filles; l'aînée qui pouvoit avoir dix-sept ans, jouoit de la prunelle et affectoit la sévérité la plus scrupuleuse; je voulus plusieurs fois l'agacer; mais elle me repoussa sérieusement, se facha presque; j'étois tout surpris, à droite, à gauche, comme si l'on s'étoit donné le mot, ce n'étoient qu'éloges, que louanges de sa conduite et de sa vertu; je le croyois; j'étois saisi d'admiration. Lasse de mon respect, elle parut moins sévère; j'eus la sotte vanité de croire qu'elle cédoit à mon mérite; je l'avoue, je n'en fus pas étonné, je la pressai, mais toujours en vain.

J'arrivai un soir de très-bonne heure chez sa mère; on me dit qu'elle n'y étoit pas; je monte chez sa fille; elle étoit

seule ; je me hasarde à lui peindre ma
flamme ; elle veut crier , un baiser sur sa
bouche étouffe ses plaintes ; je m'enhar-
dis ; la résistance devient moindre ; un
canapé se présente ; nous nous élançons
dessus..... La mère sort de la chambre
voisine avec deux ou trois amies , elles
poussent des cris perçans , paroissent dé-
solées ; l'honneur de leur fille étoit perdu...
Je savois à quoi m'en tenir sur la datte de la
perte de ce prétendu honneur ; la fille pleu-
roit , disoit que je l'avois séduite , qu'il
falloit l'épouser , que je l'avois promis ;
cette affaire pouvoit être désagréable , je
l'appaisai avec une somme assez considérable.

Tout me réussissoit mal , je jouai ce
soir-là d'un malheur étonnant ; je perdis
deux cent louis sur ma parole ; je rentre
chez moi désespéré ; je ne m'aperçus que
le lendemain de l'affreux présent que
m'avoit fait cette nouvelle vestale. La
rage me saisit ; j'étois prêt à aller leur
reprocher leur infamie , à maltraiter la

mère et la fille , mais la réflexion me retint , et je sentis que le silence et le médecin étoient le meilleur parti.

Je quittai pour toujours les maisons de jeu ; je fréquentois encore les cafés. Un jour que j'entrois dans le café de..... où je prenois une bavaroise , un homme assez bien mis entre , s'assied à côte de moi , prend ma bavaroise, la verse dans mon verre et l'avale ; ce procédé me parut plaisant , j'en demande une autre ; mon homme fait la même chose.... Mais , Monsieur , lui dis-je, en me retournant, en prendriez-vous une troisième ? Oui , me dit-il sèchement , et en même-tems il crie : Garçon , apportez une bavaroise à Monsieur.

Je ne pouvois revenir de ma surprise ; je voyois bien ou que cet homme étoit fou , ou qu'il vouloit m'insulter ; j'attendis la fin de cette comédie. Mes bas étoient blancs ; mon preneur de bavaroise me lâche un coup de pied dans les jambes... Vous m'avez blessé , lui dis-je. Ma foi , répond-il en ricannant , que ne rangiez-vous ,

vos jambes ?.... Que ne conteniez-vous les
vôtres ? Nous nous prenons de querelle ,
je lui fais un signe. , il sort ; arrivés dans
un lieu commode , nous mettons l'épée à
la main ; le guet que nous entendons arriver , nous sépare. Nous nous donnons
rendez-vous au cour le lendemain ; je m'y
trouve , personne ne vient ; je dis pour
toujours adieu aux cafés ; c'est ainsi que
par des routes lentes , mais sures , la pro-
vidence me conduisoit à la sagesse. Je me
formai un plan de vie plus sage , je résolus
de faire quelques connoissances de gens aimables et sensés avec lesquels je pusse lier
société.

Quelques jours après avoir formé cette
généreuse résolution , je reçus une lettre
conçue à-peu-près dans ces termes :

« Je connois votre pitié , votre huma-
» nité , je ne crains point de l'éprouver ;
» des malheurs dont je vous instruirai m'ont
» réduite à la plus extrême misère , je suis
» prête à employer tous les moyens pour

» m'en tirer , j'ai une fille jeune et jolie ,
» c'est vous en dire assez, voyez à quoi l'in-
» digence m'expose , un peu de secours et je
» serai vertueuse ».

Je craignis que cette lettre ne fût écrite
pour m'attirer dans quelque piège ; je la lus
et relus ; enfin la curiosité, la jeunesse l'emportant , je m'arme de deux pistolets et me
rends à l'endroit indiqué à la fin de la lettre :
il paroissoit qu'on m'y attendoit.

La mère étoit simplement , mais pro-
prement mise ; la chambre étoit pauvre-
ment meublée ; la jeune fille habillée à son
avantage , quoique d'une étoffe commune ,
offroit la taille la mieux prise et la plus élé-
gante ; je fus surpris de tant de charmes.

Je viens , leur dis-je , tâcher d'adoucir
votre situation ; je suis charmé que vous
m'ayez mis à portée de rendre service à des
infortunées ; parlez, quels sont vos malheurs , quels sont vos besoins ? Nous de-
vrions jouir d'un sort plus heureux , dit la
mère de Rosalie , mais les hommes sont si

pervers ! Il est bien juste de vous raconter mes peines puisque vous êtes assez généreux pour vouloir les adoucir.

Je me nomme Duclos ; mes parens exerçoient un commerce honnête qui leur donnoit le moyen de subsister avec une certaine aisance ; mes premières années s'en sentirent ; rien ne me fut épargné ; mes parens m'aimoient ; je les payois d'un juste retour ; l'on me mit au couvent à quatre lieues de Paris ; j'y passois des jours heureux ; les Religieuses avoient pour moi mille attentions ; la sœur Thérèse m'inspira la plus vive amitié ; rien n'étoit aussi beau , rien n'annonçoit plus la douceur et la modestie ; elle répondoit à ma tendresse ; ses parens l'avoient contrainte à faire des vœux dont elle ignoroit la force ; elle les avoit prononcés. Les passions parlèrent bientôt ; le cœur murmura contre le serment , mais trop tard. J'étois sa confidente ; elle déposoit dans mon sein ses chagrins et ses ennuis secrets ; je les partageois , je la consolois ; la blessure étoit trop profonde ; une noire tristesse la consumoit.

Un jour que j'entrai dans sa cellule, je la vis plus gaie qu'à l'ordinaire, son front s'étoit déridé, le sourire du plaisir étoit répandu sur ses lèvres..... Ah ! Thérèse, lui dis-je, qu'avez-vous ? apprenez-moi le sujet de votre joie, que votre amie la partage, elle brule de vous féliciter..... Vous ne me répondez rien, ne me jugez-vous plus digne de votre confiance ?.... Ah ! Thérèse, l'aurois-je pu penser ? Ne me condamne pas ma chère amie, me répondit-elle, en m'embrassant, tu sauras tout ; mais sur-tout du secret, c'est de lui que tout dépend.

Forcée, comme tu sais, à prononcer des vœux que je maudis mille fois, mon cœur est plus fait pour les choses de ce monde, que pour celles de l'autre ; les bonnes Religieuses ont beau dire qu'on ne peut faire son salut autre part que dans ce Couvent ; je sens le contraire ; mon cœur en est un sûr garant ; les mouvemens qui l'agitent sont affreux; je languis , je soupire , je me consume , je regrette la liberté.

Hier je fus au parloir avec une jeune Pensionnaire , son frère la demandoit... Ah mon amie ! quelle impression il fit sur mon cœur ! Je démêlai la cause de mes agitations , j'avois besoin d'aimer; je m'y livrai avec la plus grande vivacité; mes yeux ne pouvoient quitter la figure de cet aimable cavalier ; je rencontrai souvent les siens... Quelle situation ! quelle étoit voluptueuse ! mais qu'elle dura peu ! L'office sonne , nous quittons le parloir et l'aimable Dorsan.

Sa sœur me demande comment je le trouvois; mon amour pensa tout découvrir... Tout l'office j'eus de fréquentes distractions... Fatal amour , me disois-je , quels coups viens-tu de me porter ! que vais-je devenir? J'étois plongée dans les plus tristes réflexions; la nuit s'est passée dans les larmes; aujourd'hui le Jardinier m'a glissé un billet de Dorsan: lis-le , c'est la source de ma joie.

« O Thérèse ! comment recevrez - vous

l'aveu de mon amour, votre vertu m'effraie; mais ma passion m'encourage : une bouche si belle, un visage qui annonce la douceur, pourroit-il renfermer une ame cruelle?... Non... vous aurez pitié de moi, de ma tendresse; peut-être la partagerez-vous!... O Thérèse! s'il étoit vrai; si, je ne m'en flatte pas, vous répondiez à mes vœux : quel bonheur seroit le mien! J'irai ce soir vous demander au parloir, votre refus causeroit la mort du tendre et passionné

DORSAN. »

Vois, ma chère amie, vois, continua Thérèse, ai-je sujet d'être contente? Dorsan, jeune, bien fait, m'aime; il m'avoue son amour, craint ma sévérité; ah! s'il pouvoit lire dans mon cœur, qu'il auroit d'avantage sur moi!... Mais, ma bonne amie, lui répondis-je, à quoi prétendez-vous que vous mène cet amour? Vos vœux, votre habit, les grilles, tout vous empêche de le satisfaire... Hélas! oui, répondit Thérèse... Cruelle amie, ne m'y fais pas penser, laisse-moi goûter le plaisir d'aimer et d'être aimée, et ne viens point le troubler par des réflexions amères sur l'avenir; j'exige même de toi un service, c'est de venir ce soir avec moi au parloir ; je le promis.

On demande sœur Thérèse, nous descendons; Dorsan nous attendoit; sa contenance étoit timide; il étoit dans l'expectative de son arrêt; les yeux de Thérèse n'annonçoient rien de cruel; Dorsan y vit son bonheur, que la grille s'opposa inhumainement à ses désirs, à sa reconnoissance; il me fit beaucoup d'éloges; me dit, en plaisantant, que, pour ne pas m'ennuier pendant qu'il causeroit avec Thérèse, il vouloit m'amener un amant; nous en badinâmes; cela ne devint que trop sérieux.

Dorsan à la première visite me présenta son ami. Qu'il étoit séduisant, que son air noble sembloit annoncer un cœur fait pour la vertu ! Saint-Ile me parut épris de mes foibles charmes, je n'avois jamais aimé; rien ne me parut si doux, si joli que d'avoir un amant ; je reçus ses vœux ; il me donna son cœur, je lui promis le mien : Dorsan en étoit enchanté.

Nos fréquentes entrevues au parloir commencèrent à déplaire à la Supérieure ; elle s'y opposa ; que devenir ? La tristesse prit la place de notre aimable vivacité, et l'ennui de ces momens que l'amour faisoit trouver si courts ; Thérèse aimoit vivement, elle ne parloit que de rage, de mort, de fuite ; je tâchois de la calmer, un billet de Dorsan et de Saint-Ile, adressé à nous deux, y réussit mieux que moi.

« Charmantes amies, quel ordre cruel nous prive du plaisir de vous voir ! quel avenir s'ouvre à nous ! en concevez-vous l'amertume ? Ne plus vous voir, c'est ne plus vivre ; partagez ce sentiment avec nous ; tentons tout pour sortir de l'esclavage ; l'amour l'ordonne, l'amour nous en suggèrera les moyens ; permettez-nous de faire un effort pour réussir : l'un de nous espère vous voir demain. »

Effectivement on nous demanda au parloir ; un abbé se présente ; c'étoit Dorsan ; je fus piquée de ne pas apercevoir mon amant ; je l'aurois cru plus empressé ; l'amour propre m'imposa silence : qu'il me coûta ! Dorsan employa tous les moyens pour persuader à Thérèse de tout risquer. Il lui fit les portraits les plus séduisans de la vie qu'ils meneroient en Hollande. La crainte inspira des refus à Thérèse ; mais pas un mot de Saint-Ile... Que je souffris !

Quelques jours après , on me dit qu'une femme , que mon père m'envoyoit , me demandoit au parloir , j'y courus ; elle portoit des ajustemens , elle les pose à terre , ôte son mantelet..... C'est Saint-Ile dans ce burlesque déguisement ; je ne pus m'empêcher d'en rire , mais la réflexion l'emportant sur le plaisir que j'avois de le voir , et de le voir en femme ; j'affectai un air fâché , il en devint triste ; j'en eus pitié ; cependant je lui fis des reproches , il m'apprit que ce qui l'avoit empêché de venir plutôt étoit les informations qu'il avoit été faire dans la ville où mon père tenoit son commerce, qu'il avoit chargé Dorsan de me le dire ; mais que l'amour le lui avoit fait oublier, que par le moyen d'un laquais qui avoit été à lui, on se disposoit à me retirer du couvent pour me marier à M. Durand, riche fabricant de bas. Cette nouvelle me porta un coup sensible, je ne voyois aucun moyen d'éviter mon triste sort. Saint-Ile étoit plus ingénieux, il n'osa pas me parler ouvertement d'enlèvement, de fuite, mais il m'y disposa doucement par le tableau des peines, du désagrément d'être l'épouse de M. Durand, l'homme le plus épais peut-être, et le plus lourd de son siècle ; je l'avois vu, et mon imagination ne faisoit que prêter des couleurs plus noires à ce tableau. Tout favorisoit Saint-Ile ; je me retirai dans ma chambre ; Thérèse m'y vint trouver, je lui sautai au col, je lui contai mon embaras ; elle y prit part ; nous nous affligeâmes mutuellement ; mais la douleur n'est bonne à rien, il falloit agir, et l'on n'agit pas en pleurant.

Le même déguisement servit à Dorsan et à Saint-Ile pour nous venir voir ; ils nous pressèrent de profiter des instants, de consentir à fuir avec eux ; nous rejetâmes ce projet ; ils en parurent désespérés, dirent qu'ils alloient nous abandonner à notre triste sort, que nous ne les aimions pas, qu'ils mourroient de douleur ; nous étions novices en amour, nous les crûmes ; qui n'en eût fait autant à notre âge et sans expérience ? Le consentement fut donné, le jour pris ; il s'agissoit de sortir de notre prison ; le Jardinier qui avoit déjà rendu une lettre à Thérèse fut gagné ; il promit de laisser la porte du jardin ouverte ; le rendez-vous fut désigné.

Après l'office de la nuit, les Religieuses se retirent dans leurs cellules ; Thérèse fit semblant d'en faire autant, elle vint m'éveiller ; lorsque nous crûmes nos argus endormis, nous descendîmes avec précaution sans lumière, pour ne pas donner de soupçons ; nous espérions ne rencontrer personne, lorsqu'une maudite sœur, ne

pouvant

pouvant dormir, ou peut-être par quelqu'autre motif, nous aperçoit à la clarté de la lune, elle nous appelle ; il n'y a pas moyen de dissimuler; nous l'approchons, elle nous questionne; nous alléguons que la chaleur nous avoit engagé de descendre ; elle se paie de ces raisons, nous l'invitons à venir se promener dans le jardin, nous l'entraînons vers la porte ; lorsque nous eûmes toussé, et que l'on nous eut répondu, Thérèse et moi sautons sur la sœur, un mouchoir sur la bouche arrête ses cris ; nous la lions, une de nous ouvre la porte, nous sautons dans la chaise et laissons la sœur attachée à un arbre sans pouvoir parler ni se remuer ; Saint-Ile me prend dans ses bras ; je tremblois de frayeur ; le postillon fouette, nous partons.

La nuit nous donne le tems de nous mettre hors de la portée de nos persécuteurs; nous abandonnons bientôt la France; la Hollande, pays de repos pour nous, nous reçoit dans son sein; Amsterdam est le lieu de notre refuge.

B

Nous parlions tous les jours à nos Amans de confirmer nos nœuds devant l'église, ils trouvoient des raisons pour différer. Dorsan avoit persuadé à Thérèse que quoique liée par des vœux, ils pourroient, en protestant contre, se marier légitimement; tout ce que lui disoit son amant lui paroissoit sacré. Dorsan et Sain-Ile sembloient se refroidir; je portois dans mon sein le gage de l'amour de mon époux; le terme venu, j'accouchai d'une fille (c'est Rosalie), l'amour de son père n'en devint pas plus vif; je le voyois avec douleur; caresses, complaisance, amitié, je n'épargnois rien; la dose de tendresse étoit éteinte, nous en eûmes bientôt de tristes preuves; Thérèse fut la première victime: à son réveil on lui apprend que Dorsan est parti et a laissé ce billet.

« Je te laisse à-peu-près comme je t'ai prise, ta situation n'est pas triste, tes charmes t'en assurent une brillante; je te la souhaite. Par amitié pour toi je vais t'enseigner les gens le plus en état de te rendre heureuse : Milord Bromptom m'a dit qu'il te trouvoit charmante ; va le voir ; c'est un homme à ménager ; tu pourrois faire avec lui un marché avantageux : tu sais que nous étions dans la dernière pauvreté ; l'amour misérable fait une sotte figure ; pour le soutenir il faut de l'argent , des habits , de la bonne nourriture , et graces au ciel , et à ton enlèvement , nous n'avions rien de tout cela... A propos , tu as encore Jacques Wisnam ; le bon hollandois est épais , matériel , mais fort riche , c'est-là ce qu'il faut regarder : voila mes avis , si mieux tu n'aimes retourner à ton couvent. »

Le désespoir , la rage transportèrent Thérèse ; elle déchira en mille morceaux ce funeste billet. ... Perfide , s'écrioit-elle , tu m'assurois de ton amour , encore hier tu jurois de m'être fidèle , et tu oses me donner d'aussi infâmes conseils ! mon ame t'a-t-elle paru capable de les goûter , mon cœur de les sentir ? ne pouvois-tu me hair sans me mépriser ? voila ce que mérite ma funeste crédulité. . . . . Mon Dieu , tu me punis ! . . . . que vais-je devenir !

Je tâchai de la consoler , sa douleur
étoit à son comble , elle me parut appaisée,
elle n'étoit que concentrée dans le fond de
son cœur ; nous soupâmes ensemble, elle
y fut presque gaie, j'en étois charmée,
nous nous retirâmes ; en m'embrassant,
elle me serra tendrement.

J'allai me coucher. Le lendemain neuf
heures sonnent , on n'entend point parler
de Thérèse ; on l'appelle , aucune réponse.
Je fais enfoncer la porte , j'entre.... je
cours à son lit... quel horrible spectacle !...
j'en frémis en vous le racontant : son corps
étoit livide, son beau visage pâle et défiguré,
son col étroitement serré d'une corde qui
avoit fini ses jours.... O malheureuse
Thérèse ! m'écriai-je, tu m'apprends ma
faute..... tu m'apprends mes devoirs....
et peut-être ma fin.... Quel avenir !....
où t'a précipité l'amour?... où m'a-t-il
précipité moi-même !.... grand Dieu,
pardonne-moi , et ne m'abandonne pas.

Saint-Ile s'aperçut de l'impression qu'avoit fait ce spectacle sur moi ; pour la détruire lui-même , il me proposa de confirmer nos nœuds pour assurer l'état de ma fille. J'acceptai avec joie ; cela me rendit plus tranquille ; mon époux sembloit avoir repris son ancienne tendresse pour moi.

Nous reçûmes , peu de tems après , une lettre d'un ami de mon époux, qui lui marquoit que mon père et ma mère étoient morts , qu'on n'avoit fait aucune poursuite , qu'il falloit revenir, et tenter de me faire reconnoître heritière ; la mort de mes parens fut un coup de foudre pour moi , je m'accusai de l'avoir causée ; la crainte d'indisposer Saint-Ile , me faisoit dissimuler mon chagrin.

Nous partons , Paris s'offre à notre vue , nous descendons dans un hôtel garni ; mon mari court chez l'ami qui lui avoit écrit , il lui apprend que le scellé levé , on a trouvé un testament où j'étois déshéritée ; Saint-Ile a recours à ses parens , son père le repousse durement , et lui annonce qu'il ne veut plus le revoir ; notre voyage avoit

B 3

consommé le peu d'argent qui nous restoit ; la misère alloit nous assaillir ; nous présentons ma fille au père de Saint-Ile, espérant l'émouvoir par ce triste objet ; il a la barbarie de dire qu'il falloit la mettre aux Enfans-trouvés et moi à l'Hôpital.... Quel coup ! O ma fille que tu me coûtas de larmes !

Saint-Ile aigri par le malheur voulut se donner la mort ; je m'y opposai ; la douleur, l'agitation, la peine portent dans son sang le feu le plus ardent ; la fièvre redouble ; il étoit couché dans un grenier sur une botte de paille, soupirant après un peu de bouillon ... que je ne pouvois lui donner... et qui peut-être lui eût sauvé la vie... O misère, ô pauvreté, que tu me parus cruelle !... Tout fut sourd à ma voix ; en vain je priai, je conjurai, je m'abaissai aux plus viles démarches ; rien ne me réussit.

Je tentai ma dernière ressource ; je vole chez le père de mon époux, je tiens ma fille par la main, nous tombons à ses genoux...

« O Monsieur , puisque vous ne nous permettez pas de vous appeler père, faites re-
jaillir sur nous le poids de votre haîne ;
mais épargnez votre fils , votre sang , il
se meurt faute de secours ; nous n'avons
plus rien ; ayez pitié de lui ; daignez seulement le voir ; l'amour paternel vous par-
lera en sa faveur; il est coupable , mais
il est mourant. »

Le vieillard s'attendrit , je le presse , il
pleure , m'embrasse et me relève... Je lui
pardonne , dit-il; allons , allons lui donner du secours ; on amène un médecin ;
on porte un consommé , nous montons...
Il n'étoit plus tems ; mon époux éprouvoit
le rhâle de la mort ; il rendoit les derniers
soupirs , je tombe dessus lui ; je l'arrose
de mes larmes , il ouvre les yeux , me
tend la main , aperçoit son père , et fait
un mouvement comme pour s'incliner ;
son père se met à genoux à côté de lui ,
lui serre la main ; il paroît sourire... Ah
quel spectacle ! un moment plutôt , il
étoit sauvé ; il joint les mains , met celles

de son père sur son cœur , me montre ,
montre sa fille , joint encore les mains ;
son père nous embrasse ; il soupire, lève les
yeux au ciel et les ferme pour toujours.

Quelle fut ma rage ! j'accablai des noms
les plus odieux ce père barbare ; je lui
reprochai sa dureté , son inflexible sévérité... Il ne répondoit rien ; son visage
étoit morne... Il sortit enfin de ce silence ;
j'ai eu tort , dit-il, ô mon fils , pardonne ,
mon repentir vient trop tard , je mérite
toute l'horreur de mon sort; et toi , femme
respectable , ne m'accables point de reproches , épargnes mon cœur ulcéré par
un spectacle aussi tragique... mon fils mort
de faim !... pendant que je nage dans les
richesses ; ô père dénaturé !... Je vous
demande une grace , continua-t-il en s'a-
dressant à moi ; votre vue me retraceroit
un souvenir trop triste , épargnez-m'en
l'amertume ; vous aurez tout mon bien ;
je vais travailler à vous faire un sort , mais
attendez pour me voir que la plaie soit re-
fermée ; acceptez toujours ces cent louis.

Le saisissement , la douleur le mirent
au tombeau ; dès le jour même le délire
le prit , il expira peu d'heures après
sans avoir pu faire la moindre disposition
en ma faveur ; réduits encore une fois à
cet état affreux , craignant pour ma fille
le même sort que celui de son père, j'im-
plorai la charité des héritiers de Saint-Ile ;
je tâchai de fléchir et de toucher quelques
personnes vertueuses ; que j'en ai peu trou-
vées ! Par-tout des mépris , des refus, des
humiliations ; une de mes amies qui m'a
appris vos aventures , m'a appris aussi vos
résolutions , j'ai imploré votre générosité,
à votre air attendri , je me flate que ce ne
sera pas en vain. Non , Madame, lui répondis-je , je suis trop heureux de pouvoir
secourir la vertu , et la vertu malheureuse,
l'amour vous a engagé dans quelques écarts,
mais la réflexion , l'âge refroidissant les
passions , ramènent au vrai ; il est un tems
où l'on pense sérieusement , où les yeux
sont désillés , où l'on aperçoit les abymes,
où le moment d'illusion a entraîné. . . . .

Prenons des mesures pour adoucir votre triste situation : votre appartement est-il commode ? Oui , me répond-elle ; — vos meubles ? — ils ne sont pas à nous ; — eh bien , je vous en enverrai : — que de grâces à vous rendre { — allez , je jouis plus que vous.

Je les quittai pénétré de la vertu de la mère et de la douceur de la fille : on leur porta sur-le-champ de ma part , des meubles simples , mais commodes , et une bourse de cinquante louis. . . . . . Ah ! mon cher Chevalier , vous le sentirez , le plaisir d'obliger est le plus vif de tous ; celui qui donne est plus content que celui qui reçoit ; l'idée d'avoir fait une bonne action échauffoit mon cœur , lui donnoit de la noblesse , presque de l'orgueil ; j'y pensois avec complaisance.

Je retournai le lendemain chez madame de Saint-Ile. . . . . Sitôt qu'elle me vit , elle se leva avec vivacité et vint m'embrasser. . . . O mon bienfaiteur ! ô mon père ! ô mon ami , s'écria-t-elle , vous me

donnez plus que la vie ; nous vous jurons
une reconnoissance éternelle : elle court à
sa fille qu'elle prend par la main : viens ,
mon enfant , viens , ma Rosalie , tu lui
dois encore plus que moi , il te met à l'abri
de cette misère affreuse dont j'ai ressenti
les horreurs ; embrasse ses genoux. Je re-
leva i Rosalie; qu'elle étoit charmante!.....
Ecoutez ceci , Rosemont , c'est une leçon
pour la jeunesse ; qu'elle est foible ! qu'elle
a besoin de secours ! le sentier où elle marche est si glissant ! que de choses concou-
rent à l'abuser ! les passions , les foiblesses ,
le peu d'expérience , la bonté , la pitié.....
ô mon jeune ami ! abandonné à vous-même ,
réfléchissez sans cesse. Je le vois avec douleur , il est de la nature de l'homme de
n'apprendre que par l'expérience ; tous les
avis glissent sur son cœur ; les faits seuls
s'y gravent et y restent profondément tra-
cés ; je reprends le fil.

Je dinai avec mes aimables étrangères ;
la conversation fut vive , enjouée : Rosalie
y brilla par des saillies dont la naïveté fai-

soit le prix. Madame de Saint-Ile étoit instruite, elle jouoit l'esprit et les phrases ;
on apercevoit dans elle un goût vif pour
le plaisir et la dépense : pour Rosalie, c'é-
toit la simplicité même ; qu'elle avoit d'appas ! je m'y laissai séduire ; rien n'approche
plus de la vertu que les moins vertueux ;
je les compare aux acteurs qui, toujours,
mettent plus de feu, de chaleur, de gestes,
de sentimens, que ceux même à qui ar-
riveroient les événemens qu'ils représentent.

J'allois tous les jours chez elle ; ma fortune ne me permit pas long-tems de continuer mes présens ; mon tuteur m'avoit
déja envoyé plusieurs fois des sommes considérables, je n'osois plus lui en demander,
cela auroit donné du soupçon ; j'en em-
pruntai, mais cela ne pouvoit aller loin ;
je le voyois avec douleur ; mon ame compatissante me faisoit regarder comme le plus
grand malheur le moment où ma fortune
s'opposeroit à ma générosité ; on ne s'en
étoit point encore aperçu.

Madame de Saint-Ile ne manquoit pas,
après

après le repas, de me laisser seul avec sa fille, j'en étois surpris; nous étions tous les deux dans le silence, la timidité se faisoit voir dans nos actions : loin de Rosalie, je formois le projet d'être plus libre, moins réservé; madame de Saint-Ile s'en alloit, et j'étois tout aussi embarrassé. Cependant je pris mon parti. Un jour, qu'à l'ordinaire nous étions seuls, je me hazardai à lâcher quelques mots.

Que je suis fâché, lui dis-je, que votre situation et la mienne ne nous permettent pas de vous unir à un époux, dont vous feriez le bonheur et qui feroit le vôtre! Ah ! pourquoi me marier ? répondit-elle avec ingénuité; il faudroit quitter maman, vous quitter, et pour un inconnu! Mais, peut-être lui répliquai-je, aimeriez-vous, et alors on oublie bien vîte ses amis... Eh ! dit-elle d'un air de dépit, qui voudriez-vous que j'aimasse plus que vous deux ? l'une m'a donné la vie, l'autre me la conserve : est-il quelqu'un dans la nature que je pusse vous préférer ? ç'est me croire bien

C

ingratte; en vérité, si vous n'étiez mon
bienfaiteur, je crois que je me fâcherois....
laissons cette conversation, elle m'attriste.
Et moi, interrompis-je avec vivacité, elle
me rend le plus heureux de tous les hommes, j'apprends que votre cœur n'est à
personne, que vous m'estimez, et que je
serai peut-être assez fortuné pour obtenir
votre tendresse. . . Rosalie rougit. ... Eh
bien, continuai-je, puis-je espérer?....
Ah! Dorville, répondit-elle, vous avez de
si puissans droits sur mon cœur, que vous
devez être presque sûr du succès; mais il
y a de la cruauté à vous d'en user. — Ah!
Rosalie, pourquoi ne pas partager avec
moi la douceur du sentiment qui m'anime,
me reprocher une victoire qui fera mon
bonheur!......

Sa mère entra dans le moment, et nous
forcea au silence, quelques jours après je
renouai la conversation; Rosalie étoit
naïve, je la persuadai, mon amour sut la
toucher, et je devins heureux. Je passois
les jours les plus tranquilles; mais mon

argent qui vint tout-à-fait à finir, m'ôta
la liberté de continuer mes présens. Madame de Saint-Ile m'avoit fait entendre
qu'elle désireroit un carosse, je n'étois pas
en état de le lui donner ; elle l'avoit répété,
j'avois feint de ne la pas comprendre, elle vouloit aussi aller à la campagne , louer une
maison, mais elle n'avoit pas le moyen et cela
l'affligeoit : cela m'affligeoit aussi ; mais c'é-
toit tout ce que je pouvois faire que de me
soutenir ; j'avois abandonné toutes mes
connoissances ; mes visites se bornoient à
aller chez Rosalie ; le reste du tems je me
promenois au Palais royal et aux Thuile-
ries ; ce beau jardin excitoit toutes les fois
mon admiration ; je voyois avec respect
ces miracles de l'art , étalant avec profu-
sion l'habileté de l'Artiste et le feu de la
composition , ces bassins majestueux , cette
allée magnifique, terminée par un côteau
qui semble se perdre dans les airs , cette
terrasse où l'on voit passer continuellement
sur un quai large et commode une multitude d'hommes , de voitures , de chevaux,

tout annonçoit la grandeur de la Nation ;
tout me retraçoit l'idée de l'opulence et de
la félicité. Après avoir ainsi passé quelques
instans loin de Rosalie, je ne la revoyois
qu'avec plus de plaisir.

Je m'aperçus que madame de Saint-Ile
me boudoit, j'en fus étonné; le carrosse
me revint à l'esprit, je gémis de ne pouvoir
le lui donner, mais la sagesse dissipa bientôt mon chagrin. Elle ne me parla point de
tout le souper, son humeur paroissoit dans
tous ses mouvemens ; Rosalie étoit triste,
je le devins aussi : que ce souper fut diffé-
rent des autres qui précédoient pour moi
la nuit la plus charmante auprès de ma Rosalie ! Sa mère, au lieu de la laisser comme
à l'ordinaire, l'emmena sur-le-champ, et
me laissa seul. Je me retirai fort piqué, je
ne revins point; on ne fit pas la moindre
excuse, pas la moindre prière de revenir.
Ce silence m'effraya ; je sortis pour aller au
Palais-royal : lorsque j'y entrois, un homme
assez mal mis me présenta un papier; je le
pris, croyant que c'étoit une affiche de quel-

ques-uns de ces charlatans qui , pour de l'argent , obtiennent le privilége exclusif d'empoisonner les Citoyens. J'étois prêt à le déchirer , l'écriture me surprit , j'y crus reconnoître la main de Rosalie , je ne me trompois point.

« O mon ami , m'écrivoit - elle , nous sommes perdus; tu ne connois pas ma mère ; la misère qu'elle a éprouvée lui fait craindre d'y retomber ; elle emploie tous les moyens pour s'y soustraire : elle s'est ap- perçue , dit-elle , de ton réfroidissement , que nous te sommes à charge ; elle veut te débarrasser de deux infortunées qui te pèsent ; mais , le croiras-tu , c'est ta Rosa- lie qui doit en être la victime; on la sa- crifie ; j'en frémis : un homme riche s'est fait introduire chez nous ; il a causé une heure avec ma mère; on m'a fait retirer pendant ce tems-là ; après la conversation , ma mère m'a fait venir , je suis rentrée , aussitôt elle est sortie et ma laissé seule avec cet homme ; qu'il est pesant , lourd , ennuieux ! que la comparaison t'est favo-

rable! il s'est approché de moi, j'ai reculé;
il m'a serré le menton jusqu'à me faire
mal, en me jurant sur sa foi que j'avois les
plus belles dents du monde; j'ai crié, il a
appliqué sa bouche maussade sur mon
visage, j'ai redoublé mes cris, ma mère
est entrée, m'a grondée d'avoir fait l'enfant, et m'a recommandé d'avoir toutes
sortes d'égards pour ce respectable Monsieur... qu'il étoit notre protecteur, que
nous irions loger chez lui... O Dorville!
tu entends ce que cela signifie, loger chez
un homme riche! sur quel pied, grand
dieu! Tente tout pour m'arracher à ce
triste sort, ta promptitude marquera ton
amour; adieu : je t'écris en secret, ne me
trahis pas. »

Ce billet me transporta d'indignation
contre madame de Saint-Ile, je cherchai
le Porteur, il étoit disparu; rien n'est
plus vrai, m'écriai-je, celles qui ont mal
commencé, qui ont foulé d'abord aux
pieds les devoirs et la retenue de leur sexe,
ne sont jamais capables de vrais repentirs,

lorsque le cœur est pervers , on en reconnoît tôt ou tard les effets ; je voulois sur le champ courir chez elle , lui reprocher son indigne avarice ; mais Rosalie que j'allois exposer à son courroux m'arrêta : que faire ! la céder à ce bourru ; ma passion, mon amour propre , ma gloire , tout s'y opposoit.... l'enlever ! le parti étoit violent ; j'allai les voir.

Le traitant y étoit , il parut surpris de ma visite ; madame de Saint-Ile en fut très-piquée ; Rosalie ne se contenoit pas de joie , que de motifs différens nous animoient ! Cet homme opulent ne parla que de son hotel , de sa famille , de ses valets , de ses chevaux , de son argent ; de tems en tems il s'interrompoit par de grands éclats de rire ; la Saint-Ile faisoit chorus ; nous nous regardions Rosalie et moi : elle me glissa encore un billet , ou elle m'apprenoit que dans deux jours elles quittoient leur logis et alloient habiter chez cet homme , qui leur avoit fait arranger un appartement , que sa mère lui avoit défendu de

C 4

parler de moi , de peur de donner des soupçons à son nouvel amant, qu'elle le détestoit
et n'aimoit que Dorville.

Je ne savois comment m'opposer à ce
départ, l'éclat me déplaisoit , je me retirai
chez moi, triste, pensif; j'espérai que le
lendemain me fourniroit quelque heureuse
idée, mon imagination fut aussi stérile ,
j'étois resté dans l'inaction jusqu'au soir ,
c'étoit le lendemain que je devois perdre
Rosalie, lorsque l'on vint frapper à ma
porte; j'ouvre : un homme en redingotte me
présente une lettre , je la prens : il fait un
éclat de rire , je le regarde , je l'embrasse ,
c'étoit Rosalie; que je lui fis de caresses!
Les explications ne vinrent qu'après; elle
m'apprit qu'elle s'étoit échappée sous ce
déguisement, qu'elle resteroit quelques
jours cachée chez moi , jusqu'à ce que sa
mère ne pensât plus à elle; ce qui ne seroit
pas long. Je connus alors la Saint-Ile, et je
jurai de me défier des pensionnaires qui
fuient en Hollande avec leurs amans.

Depuis ce moment nous n'entendîmes

plus parler d'elle, en vain nous nous en
informâmes; Dieu! où conduit l'infortune,
et la pauvreté! sans ces circontances la
Saint-Ile eût peut-être été vertueuse.

Nous étions heureux, tout l'univers ne
nous étoit rien, Rosalie et Dorville n'exis-
toient que pour eux; que ce bonheur fut de
peu de durée! Il passa comme l'éclair, le
tonnerre suivit bientôt; ma maîtresse étoit
triste, j'en ignorois la raison, je ne pouvois
penser que ce fût réfroidissement; à en juger
par moi, son amour devoit être dans toute
sa force; je m'aperçus bientôt du contraire;
nous allions quelquefois au Spectacle, elle en
revenoit toujours, en me parlant des beaux
diamans, des belles robes qu'elle y avoit
vues, de son desir d'en avoir de semblables; un jour entr'autres, je voulus lui faire
sentir que n'étant pas en état de faire cette
dépense, il étoit inutile de se consumer en
vains désirs; elle me répondit avec humeur
que je pouvois lui faire ce cadeau, que
j'aimois plus mon argent qu'elle, et qu'un
autre ne lui eût pas laissé désirer; je lui

(46)

reprochai son ingratitude, nous nous échau-
fâmes; je crus qu'il ne seroit plus question
de cette scène le lendemain ; mais Rosalie
continua à bouder ; je m'absentai tout le
jour; le soir je rentre ; Madame est sortie
immédiatement après d îner , me dit-on; je
l'atteus, onze heures sonnent , point de
nouvelles. l'inquiétude me prend , un
laquais vient, il me présente un billet, je
l'ouvre; Rosalie m'y marquoit :

« J'ai long-tems combattu, j'ai long-tems
réfléchi , et j'ai vu qu'il n'y avoit dans le
monde que les richesses, pour rendre heureuse; ne me blâme donc point d'une action
la plus prudente de ma vie; je te délivre
d'une maîtresse coûteuse; pour t'en offrir
une qui ne te coûtera rien: un Seigneur
étranger , riche, galant , libéral me donne
cent louis par mois ; c'est une fortune ; je
n'ai pas été assez sotte pour la refuser, ne
t'en fâche pas, mais si tu as le sens com.
mun, viens voir, et partager le bonheur de
ta reconnoissante

ROSALIE. »

Je restai interdit, confondu, de la sin-
gularité du procédé; la rage, la jalousie,
l'amour, la haine, m'agitoient tour-à-tour;
je renvoyai le domestique sans réponse.....
Tantôt je voulois aller lui reprocher son
crime, tantôt je formois le projet d'aller
défier le Seigneur étranger; la nuit rafraî-
chit mes sens et calma mes idées violentes;
je pris le parti le plus prudent.... Je la
méprisai.

Cette aventure me fit renoncer pour
jamais à ces attachemens que le goût seul
fait contracter et que la raison désaprouve.
Une maîtresse me parut un être trop chère
et trop gênante; il étoit tems que je devinsse
sage; je regardois avec frayeur la grandeur
des périls que j'avois évités; jeu, amis,
maîtresses, que d'écueils propres à perdre
un jeune homme livré à lui-même! je vivois
fort retiré, toutes mes connoissances
s'étoient éloignées; je ne pensois plus à
Rosalie; par curiosité, je m'étois informé
de son sort: le Prince étranger étoit parti
pour son pays, et l'avoit laissée dans la

misère; elle avoit passée à un Procureur,
et de là, la malheureuse étoit entretenue
par un Perruquier: funeste effet des mauvais
exemples, et encore plus de son éducation.

La promenade et la lecture étoient
mes occupations favorites; j'errois souvent,
un livre à la main, dans les allées solitaires
du Luxembourg; je logeois dans la rue
de Tournon; je ne connoissois point ceux
qui demeuroient avec moi; un soir au
retour de ma promenade ordinaire, à peine
rentrois-je chez moi, que j'entens marcher
avec rapidité dans la chambre au dessus;
je distingue des plaintes, des cris; je
monte promptement; quel spectacle!
une femme agée, couchée sur le carreau,
lutant contre la mort, la plus aimable des
filles, la bouche collée sur ses lèvres,
comme pour empêcher son âme de s'en-
voler! la mère suffoquée par une attaque
d'apoplexie, lui serroit la main et ne la
quittoit pas des yeux; sa fille rappelle
toutes ses forces, pour me prier de l'aider à
soulever sa mère et à la porter sur son lit,

nous l'y plaçons ; j'étois immobile, les regards fixés sur des objets aussi touchants ; la jeune Demoiselle, en gémissant, me montre sa mère, sans proférer un seul mot, la mère de l'œil me montre sa fille ; les larmes coulent de leurs yeux ; j'y mêle les miennes ; on monte, un chirurgien arrive, nous cherchons à lire dans ses yeux, il n'y avoit plus d'espoir ; il nous annonce cette nouvelle ; la malade n'y survécut que trois heures.

La jeune personne étoit inconsolable, enfin à travers mille sanglots, elle nous apprit qu'elle s'appelloit mademoiselle de Puzol, peu partagée des dons de la fortune, et nous prie de la faire conduire dans un Couvent de Paris, dont une de ses tantes étoit supérieure ; je lui demande permission d'aller m'y informer de ses nouvelles ; elle me l'accorde ; j'en profitai plusieurs fois ; je lui parlai de projets d'établissement ; elle me confia que sa mère avoit voulu la marier à un officier, qu'elle avoit éloigné ce mariage autant qu'elle avoit pu, je me hasarde à faire parler mon amour; on n'y répond qu'avec colère, elle ne veut plus me voir, je tâche de l'appaiser, et j'obtiens à force d'instances la permission d'y retourner dans trois jours.

Qu'ils me parurent longs ! j'étois de bonne foi amoureux, et la passion que j'avois ressentie pour Rosalie n'étoit pas comparable aux sentimens vifs et respectueux que m'inspiroit la charmante Puzol ; je vole au bout de trois jours, je la demande ; on m'apprend que son Tuteur est venu la chercher, et qu'elle est partie avec lui. Je crus que c'étoit une défaite de sa part, et qu'elle ne m'avoit remis à trois jours, que pour me mieux tromper; je m'informe, je cherche, je découvre la demeure du Tuteur; il étoit absent; par le moyen du portier que l'on fit boire, je sus la route qu'ils avoient prise; je les suis à cheval : dans un Bourg on m'apprit qu'une berline avoit passé la veille, que la soupente s'étoit cassée, et qu'elle ne faisoit que de partir. Je ne perds point de tems, je presse mon cheval, il

s'abbat, mon impatience augmente, les
instans s'écouloient, je tremblois de ne
pouvoir les rejoindre, je prends un autre
cheval, je m'informe; le long de la route,
toujours on m'apprenoit que la berline venoit de passer, que dedans il y avoit une
jeune personne qui paroissoit fort affligée,
cela me donnoit de l'espoir.

Au bout de trois jours de marche sans
succès, j'appris que le Seigneur du Village
où je me trouvois, venoit d'arriver dans la
berline que je cherchois; je pensai que c'é-
toit mon rival, mes conjectures se trou-
vèrent justes, tout annonçoit des préparatifs, on parloit de mariage, de fêtes.

Quoique je fus presque convaincu que
mademoiselle de Puzol m'avoit trompé,
j'aurois cependant tout sacrifié pour obtenir d'elle un instant d'explication; l'occ -
sion me manquoit, elle ne sortoit pas du
château, je ne savois que devenir, mon
valet me suggéra une idée; il avoit fait
connoissance avec le Jardinier, il lui avoit
paru de composition, et il avoit espéré qu'a-

vec quelques louis on en viendroit à bout.
Ce projet me parut divin ; je courus chez
Ambroise, je lui offre ma bourse, s'il veut
me recevoir garçon jardinier , il rit de ma
proposition, je fais sonner le métal, il se
rend : me voila garçon d'Ambroise.

J'entrai bientôt en fonction , mon impatience étoit extrême , je me croyois bien
avancé pour m'être glissé dans le jardin ;
j'eus beau, pendant huit jours, parcourir
le parc , le jardin , bêcher , arracher , plan-
ter , tailler , roder autour du château , mon
amante ne parut point ; je revenois chez
Ambroise , excédé , fatigué et accablé de
tristesse ; le bon homme étoit compatissant , il me plaignoit ; mon or l'avoit intéressé en ma faveur.

Je désespérois presque , et j'étois déter-
miné à quitter le rateau. Un soir , qu'accablé de chagrin et de fatigue , je m'étois
endormi dans un petit cabinet sur un banc
de gazon , je fus réveillé par la clarté de
flambeaux qui passoient devant moi ; je fus
fort surpris d'avoir dormi si long-tems , les

lumières, à cette heure indue, me paroissoient annoncer quelque mystère : je me cache, je vois passer plusieurs valets avec des lanternes, chargés de paquets, et s'acheminant vers un petit pavillon placé au bout du Parc : pavillon que j'avois toujours aperçu fermé.

Je ne concevois rien à cette aventure ; je m'approche du pavillon ; il étoit illuminé ; les laquais alloient et venoient ; on sembloit inquiet, agité ; je cours chez Ambroise ; j'y prends mon épée et je reviens au même endroit ; tout paroissoit calme, les volets du pavillon étoient fermés, j'avois beau prêter l'oreille, regarder de tous côtés, rien n'arrivoit ; j'allois sortir lorsqu'encore une fois je vis de loin venir des flambeaux, et j'entendis parler distinctement ; je ne fais pas de bruit. Que devins-je lorsque j'aperçois mon amante pâle, mourante, portée sur les bras de deux femmes ! le Seigneur, le regard menaçant, la suivoit, il étoit accompagné d'un homme âgé et d'un Ecclésiastique ; plusieurs domestiques fermoient la marche.

Je pensai vingt fois éclater et fondre sur
mon indigne rival , mais la prudence et
mon amour me retinrent ; je voulus voir
si mon aimable Puzol consentiroit à épouser le Seigneur , résolu de l'abandonner à
son sort si elle avoit cette foiblesse. Ils entrent tous dans le pavillon , je me glisse , la
porte n'étoit qu'entr'ouverte , je regarde ,
j'attends le moment qui doit décider mon
sort.

L'homme âgé, que je devinai être le Tuteur de mademoiselle de Puzol , prend sa
main et veut la mettre dans celle de mon
rival ; elle le repousse , se jette aux genoux
de son Tuteur , le supplie de ne la pas contraindre à épouser un homme qu'elle ab-
horre : le vieillard la relève et veut la forcer à laisser former d'indissolubles nœuds.
Elle s'y oppose , jure qu'elle n'obéira pas ;
son Tuteur furieux tire un poignard , et
le lui met sur la gorge. Rien ne me retint , j'entre armé de mon épée , j'allois
percer cet indigne Tuteur : mademoiselle
de Puzol me reconnoît , pousse un cri , et

arrête mon bras. . . . . C'est mon Oncle ,
s'écrie-t-elle , Dorville , épargnez-le. . . . . . .
Je reste immobile , le Seigneur du château
ordonne à ses gens de tomber sur moi ,
aucun n'obéit ; la violence qu'on avoit
voulu faire à mademoiselle de Puzol , les
avoit indisposés contre lui : je l'appelai lâche , je lui dis que j'étois venu pour l'engager à se mesurer avec moi ; il ne me répond
rien , sort du pavillon , je le suis , il étoit
disparu : je cours à mon amante , son barbare Tuteur l'emmenoit , je ne pus que lui
crier que je ne l'oublierois jamais.

Après une telle scène , le plus sûr étoit
de sortir du parc et d'abandonner mon déguisement. Ambroise ne vouloit plus me
seconder , je tentai en vain mille moyens
pour m'introduire dans ce funeste château ,
aucun ne réussit , j'étois dans l'inquiétude
la plus vive ; depuis ce tems le Seigneur et
le Tuteur pouvoient être venus à bout de
leurs barbares projets; le désespoir, la rage
m'agitoient sans cesse.

Chaque jour je parcourois les environs

du château , je n'y apercevois personne ;
rien ne transpiroit dans le village. Un jour
que je m'étois plus approché des murailles ,
abîmé dans mes tristes réflexions , un objet brillant frappe mes regards ; c'est une
boîte d'or , je l'ouvre , j'y vois un billet
qui contenoit ces mots :

« Qui que vous soyez , si vous avez quelque pitié , secourez une infortunée; la boîte
est à vous ; je languis dans la tour de ce
Château ; l'on veut me forcer d'épouser un
monstre que je déteste ; je souffre les plus
cruels tourmens , dépéchez-vous , et soyez
sûr de ma reconnoissance. »

Cette lettre étoit écrite avec un charbon ;
je me doutai bien qu'elle venoit de mademoiselle de Puzol , elle n'étoit pas encore
mariée , jugez de ma joie ; je cours à la ville
prochaine , j'avertis le Juge , je presse , je
sollicite , je montre le billet ; le Juge , honnête homme , et touché du sort de la pri-
sonnière , fait assembler plusieurs escouades.

On vient au château , le Seigneur refuse
d'ouvrir ; les portes sont bientôt forcées ;

le tuteur et mon rival étoient déja disparus
par une porte qui donnoit dans la campagne; je monte, je vole à la tour, la porte
m'offroit de la résistance, je la mets en
pièces, j'entre. . . . . O tendresse ! . . . ô
vertu ! . . . . mon Amante, couchée sur le
carreau, étoit meurtrie de coups, bai-
gnée dans son sang; les malheureux, en
partant, avoient déchargé sur elle le poids
de leur colère; une écuelle pleine d'eau, et
un pain noir, de trois jours au moins,
étoient à côté d'elle. . . . . . Je la soulève,
j'osai l'embrasser, elle ouvre les yeux, me
voit, fait un cri, et les referme ! . . . .

Le Juge et un Médecin arrivent; on fait
un procès-verbal, mademoiselle de Puzol
est portée sur un lit, tous les secours lui
sont donnés; la bonté de son tempéra-
ment, plutôt que les remèdes, la sauve :
elle demande à se retirer dans un couvent,
on lui accorde; j'allai l'y voir, je hazardai
quelques reproches de la tromperie qu'elle
m'avoit faite; elle m'apprit que son Tuteur
étoit venu sur-le-champ la chercher sans

qu'elle s'y attendît ; je fis valoir mon
amour , mes peines ; on ne les rejetta pas ,
et au bout de quelque tems , elle couronna
ma flamme et ma fidélité.

Nous nous épousâmes , nous nous ai-
mâmes et nous nous aimons encore ; chaque jour nous offre des plaisirs , j'ai un fils ,
il est de votre âge , et j'espère qu'il sera de
vos amis : toutes mes peines sont bien ré-
compensées ; je vis heureux , je m'occupe ,
je travaille , et le tems s'écoule , sans que
je m'en aperçoive , je chasse , je pêche, je
vais voir mes voisins, j'aime mes paysans,
je mange souvent avec eux , j'emploie tous
mes soins à les faire participer au bonheur
dont je jouis ; la campagne m'offre des
douceurs , j'y respire un air pur , mon
château est bien situé, mon parc est grand,
je n'ai dispute avec personne.

Mon tems est partagé également , chaque
moment a ses occupations; je revois avec
plaisir les objets d'étude, sur lesquels au-
trefois j'avois glissé légèrement , la physique
me charme, j'ai mon petit cabinet, j'existe

vraiment lorsque je crée , pour ainsi dire ,
dès prodiges , lorsque j'aperçois dans chaque individu les merveilles multipliées de
la Nature ; une machine électrique est pour
moi la chose la plus précieuse; j'ai aussi
une collection d'animaux , de coquillages ,
un alambic , je vous ferai voir tout cela....
Je tourne... il faut savoir s'occuper , et
heureux ceux pour qui le travail est un
amusement! vous êtes jeune , et je puis
vous donner des avis , il ne faut désespérer
de rien ; j'ai été malheureux , je suis le plus
content des hommes , profitez de mon
exemple. »

Rosemont voyoit souvent monsieur Dorville , il profitoit de ses conseils , suivoit ses
avis , partageoit ses amusemens ; on attendoit avec impatience le jeune Dorville ;
ses tendres parens s'en étoient séparés pour
l'envoyer étudier à Caen , on l'annonce , ils
s'élancent , le mouillent de leurs larmes; quel
spectacle pour Rosemont , et que n'auroit-il
pas sacrifié pour en goûter la réalité !

Le jeune Dorville étoit vif , aimable,

plein de feu et d'ardeur ; Rosemont et lui firent bientôt connoissance ; de la connoissance, ils passèrent à l'amitié ; Dorville père, le voyoit avec plaisir, il leur donnoit des leçons, s'amusoit à les instruire sur les objets, que la quantité d'écoliers empêche de traiter dans les Collèges, il leur apprenoit et en même-tems, il s'apprenoit à lui-même, il se retraçoit ce qu'il n'avoit fait qu'entrevoir dans sa jeunesse, en un mot, il réfléchissoit, et la réflexion, c'est la moitié de l'étude.

Rosemont ne recevoit point de lettre de sa mère ; il écrivoit cependant exactement ; son père étoit toujours prévenu contre lui : le Vicomte, son fils, ne faisoit qu'accroître ses soupçons ; son retour chez ses parens lui paroissoit plus éloigné que jamais : Dorville, de son côté, s'ennuyoit dans la terre de son père ; il chassoit, lisoit, promenoit ; mais on ne peut pas toujours lire chasser, promener, il faut varier : dans un château, éloigné des humains, une telle vie l'excédoit, il n'en faisoit pas mystère à

son

son nouvel ami. Ils réfléchissoient ensemble sur le peu de bonheur, dont jouissent
les hommes, et ces réflexions finissoient
par conclure qu'ils s'ennuyoient beaucoup.

Dorville avoit la passion de voyager; le
proposer à son père, il étoit bien sûr d'un
refus, on l'aimoit trop pour le laisser éloi-
gner; est-ce là aimer ? Quelle perspective !
rester pour toujours à végéter dans cette
terre, ou parmi d'ennuieux paysans, ou tète
à tête avec son père et sa mère, et cela
toute sa vie !

Rosemont combatoit foiblement. Dorville
se jette à son col, l'embrasse. . . . O mon
ami, lui dit-il, je meurs si je reste ici plus
long-tems, je suis excédé, anéanti; je ne
sais plus que dire, que faire, que répondre, je suis à bout . . . . . Oh je le sens, la
variété est nécessaire; c'est l'ame de la Nature, partons, voyageons quelque tems;
allons en Allemagne; peut-être y ferons-
nous fortune; je serois enchanté d'essayer
si notre simple mérite ne nous procureroit
pas quelques bonnes aventures.

D

Rosemont se laisse toucher ; deux jeunes gens ne desirent que courir : mais à qui se fier ? Dorville avoit un Fermier , ce Fermier avoit un fils jeune, qui ne demandoit pas mieux qu'à sortir de son village : on le met dans la confidence ; le jour est pris , à dix heures du soir il doit amener des chevaux de la ferme au bout du parc ; le hazard les favorisoient ; Dorville fils avoit reçu du Fermier cent louis pour remettre à son père ; cette somme leur parut ne devoir jamais finir.

A l'heure précise , après le souper , lorsque M. et Mᵉ. Dorville furent retirés , ils se rendent au bout du parc , sortent par une porte dérobée , gagnent la campagne et les chevaux ; ils n'avoient aucune crainte , le vieux Dorville étoit prévenu que le lendemain de grand matin, ils devoient aller à la chasse, de façon que de toute la journée , on ne pouvoit pas être inquiet d'eux.

Pendant ce tems ils avançoient, déjà ils voyoient l'Allemagne ; ils entrent dans ce vaste empire ; Vienne est le lieu où ils s'arrêtent, le fils du Fermier leur servoit de valet; rien ne leur paroissoit plus agréable que d'être leurs maîtres, de ne dépendre de personne; ils étoient tous les jours aux spectacles, aux promenades; ils s'étoient donné le nom de Seigneurs, et par ce moyen ils avoient trouvé accès dans plusieurs bonnes maisons.

Un jour qu'ils avoient fait une partie d'aller diner en campagne pour chasser tout le jour, lorsqu'ils revinrent le soir à leur auberge, on leur ouvre, l'Hôte parut de la plus grande surprise... Quoi, leur dit-il, vous revenez donc? — Eh, pourquoi ne reviendrions nous pas? — Parbleu vous étiez parti ce matin pour un si grand voyage. — Vous plaisantez, c'étoit pour aller chasser à deux lieues d'ici. — C'est vous-mêmes qui voulez rire; pour chasser à deux lieues, on ne fait pas prendre toutes ses hardes. — Comment? — Oui, votre laquais, ce matin, est venu dire que vous étiez parti pour un voyage de la dernière importance, et qu'il alloit vous rejoindre avec les paquets.

O ciel! s'écria Rosemont, nous sommes volés, qu'allons-nous devenir!

Dorville rêvoit, ils montent à leur chambre, il n'y avoit plus rien; l'Hôte touché de leur douleur, comme compatriote, les supplie de rester encore chez lui huit jours, pour attendre des nouvelles de leur pays, ils l'acceptent: le fils du Fermier, comme ils l'apprirent depuis, après les avoir volé étoit allé s'engager, leur argent étoit perdu sans ressource; Dorville fut tenté de recourir à son père, mais la crainte et encore plus l'amour propre le retinrent; il aima mieux souffrir; Rosemont auroit été en droit de lui faire des reproches, mais il auroit aigri la douleur de son ami.

Leur malheur avoit intéressé l'Hôte, il desiroit leur être utile, l'occasion s'en présenta, un Capitaine d'un vaisseau hollandois armoit pour le Japon, il étoit venu avant de partir visiter l'Allemagne; Vienne l'avoit fixé quelque tems; il logeoit dans la même auberge que Dorville et Rosemont; l'Hôte d'un ton pathétique lui raconta l'histoire de ces deux François; le Capitaine qui vit que ces deux jeunes gens pouvoient servir à ses projets, les arrête pour ses secrétaires, ils acceptent avec reconnoissance: l'idée de courir, de voir le Japon les enflammoit d'ardeur ; ils remercient leur brave Hôte, et partent pour la Hollande avec le Capitaine; quelques jours après le vent étant devenu favorable, le vaisseau met à la voile; la navigation fut heureuse.

Arrivé dans l'endroit où l'Empereur faisoit sa résidence, ils y débarquent les marchandises pour trafiquer. Dorville, Rosemont, plusieurs passagers, les uns par curiosité, d'autres par intérêt, descendent pour voir la ville et le palais de l'Empereur.

Le Capitaine trama la plus infâme perfidie ; il demanda audience à l'Empereur, et comme il y avoit fait déja plusieurs voyages, il s'étoit instruit de la langue : il en profite pour faire accroire à l'Empereur qu'il avoit amené dans son vaisseau, plusieurs esclaves européens, très-adroits, qu'il

D 3

lui feroit voir et lui vendroit. L'Empereur
y consentit.

Le jour venu , le Capitaine amène tous
les passagers , sous prétexte de les présenter à l'Empereur ; comme ils n'entendoient
point le japonnois , il étoit aisé de les tromper. Le Capitaine , en langage du pays , lui
dit qu'il lui présentoit les esclaves, qu'il lui
avoit annoncés ; l'Empereur lui répondit
qu'il les acceptoit , et les paieroit ce qu'ils
étoient convenus ; le Capitaine se retourne
vers les passagers et leur dit en langage
qu'ils entendoient , de saluer l'Empereur ,
en se prosternant suivant la mode du pays.
Ils obéissent ; le Capitaine fait remarquer à
l'Empereur que c'est l'acte de leur servitude ;
il sort ensuite de la salle d'audience , en
avertissant ses passagers qu'il va revenir et
que l'Empereur , par bonté , veut bien les
loger dans son palais.

A l'instant il va recevoir son argent chez
le Trésorier de l'Empereur , se rend au
rivage , le vent étoit favorable , il cingle en
pleine mer , et laisse bien loin ses passagers ,
dont il emportoit les richesses.

Pour Dorville, Rosemont et ses camarades, ils suivirent un garde japonnois, qui
avoit ordre de les conduire dans une maison
où l'on met les esclaves; on leur attache
au col des chaînes d'argent: croyant que
c'étoit l'usage, ils se laissèrent faire ; aucun d'eux n'imaginoit qu'il étoit vendu ; le
Capitaine étoit attendu avec impatience; il
ne venoit point; ce retard les inquiétoit un
peu ; cependant comme on avoit bien soin
d'eux , ils prenoient courage.

L'Empereur ne savoit pas précisément à
quoi chacun étoit propre: il y avoit à la
cour un interprète, qui savoit plusieurs
langues, on le leur envoya; il leur parla
latin, plusieurs d'eux l'entendoient; qu'elle
fut leur surprise, lorsqu'ils surent qu'ils
étoient esclaves, leur douleur fut si grande,
leurs plaintes si vraies qu'elles touchèrent
l'Interprète ; il alla sur le champ raconter
leur histoire à l'Empereur qui envoya un
vaisseau pour joindre le Hollandois ; il
n'étoit plus tems.

On les remit en liberté, l'Empereur pour

les récompenser, leur fit de magnifiques présens, et leur donna des vaisseaux pour retourner dans leurs pays, ou du moins jusqu'au premier port Européen.

Pour Dorville et Rosemont n'ayant plus de places sur le vaisseau, ne sachant que devenir, ils acceptèrent la proposition que leur fit l'Empereur de rester dans ses états.

L'empire du Japon est composé d'une multitude infinie de petites Iles qui se touchent presque : le climat est excellent ; on y vit long-tems, et les maladies y sont fort rares ; les Saisons sont inconstantes, la mer qui environne les Iles du Japon est sujette à de fréquentes tempêtes.

Le terroir du Japon est en général peu fertile, l'industrie des Japonnois y supplée, les tremblemens de terre sont fréquens, on ne les redoute pas ; cependant ils ont produit plusieurs ravages. Pendant que Dorville et Rosemont étoient à la capitale, ils virent les débris du Palais de l'Empereur qui avoit écroulé par une secousse terrible; plus de cent soixante mille personnes périrent.

L'Agriculture est dans le plus grand honneur au Japon ; la nécessité pour vivre, d'arracher pour ainsi dire de ce terroir inculte de quoi nourrir ses habitans, entretient le labourage dans la vigueur ; rien n'est en friche, tout est en valeur.

L'agrément n'est pas oublié, nulle part on ne voit une aussi grande variété de fleurs, il est vrai que leur odeur ne répond pas à la beauté de leurs nuances.

Ils s'accoutumèrent facilement au pays ; les plaisirs y étoient assez communs ; les spectacles permis, ordonnés même ; la chasse du Renard, du Tanuki, (1) la pêche sur les côtes qui abondent en poissons de toute espèce, tout servoit à leur faire oublier leur Patrie.

L'Impératrice depuis long-tems désiroit les voir ; elle en obtint la permission ; la pêche, la chasse étoient ses amusemens

---

(1) Animal assez singulier ; son poil est d'un brun foncé, son museau est celui du Renard, du reste il tient beaucoup du Loup.

favoris, elle voulut que les François les partageassent: l'Empereur pour lors occupé d'une concubine ne s'y opposa pas.

Quand elle étoit avec eux, ce n'étoient que questions sur leurs pays, si la France étoit un beau climat, si les femmes y étoient aimables, si elles étoient libres : les réponses de Dorville ne faisoient qu'enflammer son cœur.

Elle ne soupiroit qu'après la France; Dorville y contribuoit un peu : sa bonne mine, sa douceur avoient touché l'Impératrice, et son rang élevé ne lui paroissoit plus qu'un poids incommode, dont elle desiroit se défaire; long-tems elle fit parler ses yeux, Dorville ne les entendoit pas.

Lasse d'un langage si infructueux, elle eut recours à un plus significatif. Je t'aime, dit-elle à Dorville, je ne suis pas à mépriser, fuyons ensemble en France, je me fais chrétienne, et je t'épouse.... La proposition étoit vive, mais elle étoit faite par une jolie bouche; Dorville s'ennuyoit du Japon, cependant il demanda du tems, et en fran-

çois galant , il lui jura qu'il l'adoroit : elle
le crut.

L'Impératrice laissa passer quelque te ms
sans en reparler , mais elle ne discontinuoit
pas ses questions sur la France , et ses soupirs à ce nom. Un jour qu'elle avoit chassé ,
feignant d'être fatiguée , elle s'assied sur
l'herbe , au milieu de Dorville et de Rosemont ; j'aime la France , dit-elle , je brûle
d'y être ; je vis ici dans le plus cruel esclavage , je ne veux point abuser de ma liberté ,
mais je veux en jouir ; sommes-nous donc
nées pour être de viles esclaves ? L'Empereur , dont je suis l'épouse , m'abandonne
pour une méprisable concubine , les seuls
liens qui m'attachoient à lui sont rompus ;
formons-en un plus durable et plus légi-
time ; je desire être chrétienne , je desire
m'attacher à Dorville pour toujours : François , si vous êtes généreux , emmenez-moi ,
vous ne vous en repentirez pas ; je quitte
mon trône pour vous suivre ; ne me refu-
sez-pas et songez que c'est l'Impératrice
qui vous prie.... Dorville ébranlé par l'idée

de posséder une Impératrice , et une jolie
Impératrice pour femme, se laissoit aller ;
Rosemont, plus prudent , lui fit remarquer le risque évident de fuir ensemble , le
supplice affreux qui les menaçoient, s'ils
enlevoient l'Impératrice.... C'en est assez ;
dit-elle ; je le vois , françois, tu n'as pas
de cœur, tu trembles , eh bien , fuis , laisse-
moi; puisque tu n'as pas assez de courage,
fuis , voila le chemin ; prends ces diamans,
prends cette tablette où je t'adresse à l'Eunuque Siam-ki ; partez, lâches , et que je
ne vous revoie plus. . . .

A l'instant elle remonte à cheval , et laisse
les françois dans le plus grand étonnement :
de crainte d'être surpris , ils profitent de
l'avis de l'Impératrice , et prennent le chemin , qu'elle leur avoit indiqué. Après bien
des peines , ils arrivent à un port , ils don-
nent la tablette à l'eunuque Siam-ki , qui
baise les caractères de sa Maîtresse, les met
sur sa tête , sur son cœur , et après plusieurs autres simagrées , leur dit qu'il va
travailler à leur embarquement.

En

En effet il convint du passage avec un
Capitaine Hollandois (1), nommé Pierre
Weillens ; deux jours après, ils devoient
partir ; ils s'y préparoient, lorsqu'ils virent
arriver l'Impératrice sans suite, habillée en
homme ; ils restent interdits. Eh bien, dit-
elle, cela ne doit-il pas vous faire rougir ?
Ce que deux hommes n'ont point osé,
une femme le fait.... Maintenant, cachés
chez Siam-Ki qui m'est dévoué, vous êtes
en sûreté, vos foibles cœurs ne craignent
plus rien ?.... Partons....

Elle ne s'attendoit pas au refus de l'Eunuque, plus fidèle à son devoir qu'à son
attachement pour la Princesse ; prières,
argent, menaces, rien ne peut l'ébranler ;
l'Impératrice le voit avec douleur ; elle se
repent de sa démarche, et d'avoir fourni

---

(1) Les Hollandois seuls peuvent commercer
au Japon ; il faut même que ce commerce
leur soit très-avantageux, car ils l'achètent
par bien des indignités qu'ils sont obligés de
souffrir.

E

aux François , l'occasion de la fuir , elle
veut engager Dorville à revenir avec elle ,
mais il ne veut pas abandonner son ami ; ils
s'embarquent , et en les voyant partir les
yeux de l'Impératrice se mouillent de larmes , son cœur est déchiré de douleur ; elle
regarde Dorville ; Dorville s'arrête , il va
succomber : Rosemont le prend par le bras
et le fait entrer , malgré lui , dans le vaisseau : que veux-tu faire ici , cher Dorville ?
où t'emporte un instant de passion qui t'é-
gare ? que prétends-tu devenir en répondant
à l'amour de l'Impératrice ? Quels supplices
te menacent ! et pour qui ? pour une
femme qui quitte son pays , son trône , son
époux , pour nous suivre , ou plutôt pour
suivre son libertinage ! Elle veut se faire
chrétienne ! en es-tu la dupe ? Quiconque
peut vouloir changer la religion dans la-
quelle l'ont élevé ses pères , mérite qu'on
s'en défie ; le desir de connoître le vrai , est
souvent le dernier desir qui les fait agir :
nous avons des diamans , elle nous les a
donnés , ils sont à nous , c'est le dédomma-

gement de l'état que nous avons perdu ; tous les autres se sont ressentis des bontés du Prince ; parce que nous l'aurions servi , ou parce qu'il prend fantaisie à l'Impératrice de t'aimer , en devons - nous être privés ?.. non , faisons - en usage sans aucun remord.

D'aussi sages conseils devoient être mieux récompensés. A peine furent-ils en pleine mer que le Capitaine , d'un ton ironique , vint les supplier de vouloir bien lui faire présent des diamans que l'Impératrice leur avoit donnés. Dorville veut répondre ; deux matelots ont déja saisi toutes leurs hardes et pris les diamans.

La colère les transporte , ils veulent les arracher , ils sont bientôt chargés de fers , on les descend à fond de cale ; on les attache à un pilier , avec un baquet à côté d'eux , ils ne pouvoient se remuer que pour s'asseoir à terre ou sur les baquets : plusieurs violentes médecines leur sont données pour s'assurer s'ils n'avoient point avalés de diamans; ils passèrent dans ce cruel tourment le tems de la navigation.

Arrivés au port, ils se plaignent à la compagnie Hollandoise, qui, moyennant quelques-uns des diamans que donna à propos le Capitaine, approuve sa démarche, sous le prétexte qu'ils avoient seuls le droit de commercer au Japon, par grace, on voulut bien leur donner dix louis à chacun. Quelle générosité !

Rosemont et Dorville se virent encore une fois déchus des plus brillantes espérances ; telle est l'injustice du sort. Un vaisseau partoit pour la Martinique, ils demandent un passage, la Compagnie qui cherchoit à se défaire d'eux, leur accorde volontiers.

Ils y arrivent; l'hospitalité y est observée scrupuleusement, ils étoient malheureux, c'étoit un titre pour exciter la compassion : chacun s'empressoit à leur être utile, ils en étoient surpris. Un riche Habitant ayant vendu son habitation, se disposoit à retourner en Europe ; il leur proposa de les prendre avec lui et de les conduire en France , rien n'étoit plus avantageux ; ils y consentirent avec joie.

Ils débarquèrent à Cadix : comme ils ne vouloient point encore rentrer en France , ils quittèrent le généreux Amériquain , et prirent la route de l'Espagne ; les présens de l'étranger les avoient mis à portée de se soutenir assez long-tems , mais l'envie d'augmenter son bien en cause ordinairement l'entière dissipation.

Ils avoient entendu parler d'une maison où l'on jouoit, ils avoient long-tems résisté, mais l'idée de pouvoir doubler , tripler leurs fonds étoit bien séduisante. Ils jouent et perdent ; ils s'acharnent, déja la moitié de leur petite fortune , de leur poche , est passée dans celle des joueurs.

Le lendemain cependant ils y retournent pour ratraper , disoient-ils , leur argent, se promettant bien , sitôt qu'ils auroient leur somme complette, de ne jamais jouer : la fortune leur fut trop favorable ; Rosemont gagna mille louis , il sort de la salle où l'on

E 3

jouoit : à peine en fut-il à quelque distance,
que quatre des joueurs l'arrêtent, préten-
dent que c'est un filou, qu'on en est sûr;
l'Alguazil accourt, souriant à la vue de l'or,
et espérant en avoir la meilleure part, il
procède : en vain Rosemont veut se défen-
dre, c'étoit un étranger sans connoissance,
sans appui, sans secours, et qui avoit la
hardiesse de gagner mille louis. . . . . Quel
coup pour un Alguazil! vite en prison, on
l'y entraîne malgré ses cris et ses sermens.

Dorville, qui avoit joué de malheur, étoit
sorti avant Rosemont, il n'avoit point été
témoin de la scène; aussitôt qu'il apprend
cette nouvelle, il court à la prison, il embrasse son ami, le console, il n'y avoit plus
de ressource pour vivre; non-seulement on
avoit pris le gain, mais aussi tout ce qu'ils
possédoient, trop heureux encore qu'un
honteux supplice ne le déshonorât point.

Il en fut quitte pour la peur; la justice
ayant une fois saisi l'argent, ne trouva plus
Rosemont coupable; on le mit dehors, il
ne réclama pas son argent crainte de ne

pouvoir jamais sortir. A peine eut-il été
réuni à son ami , qu'il tombe malade ; la
fatigue , la douleur , la prison , lui causent
une fièvre ardente , Dorville ne sait que
devenir ; quel secours lui donner ! faire venir un médecin , où trouver de quoi le payer ,
avoir recours aux hopitaux , quelle humi-
liation ! point d'argent pour acheter les
drogues nécessaires. Rosemont empiroit de
jour en jour , Dorville étoit dans le plus
vif désespoir ; enfin l'amitié triomphe , il
vend tous ses habits , n'en garde qu'un
uni et se présente chez le seigneur Bitotchi ,
qui cherchoit un domestique françois ; il y
entre , la nécessité de sauver son ami fait
taire son amour propre ; avec ses gages et
l'argent de ses habits vendus , il fournit à
Rosemont les médecins et les drogues nécessaires : il lui faisoit accroire qu'il tenoit ces
secours d'une main étrangère , sans lui
avouer le sacrifice que lui avoit fait entre-
prendre son amitié.

Ce bonheur ne fut pas long ; la mala-
dresse , le peu d'habitude de Dorville , le

font renvoyer de chez le seigneur Bitotchi.
Rosemont étoit toujours malade ; l'abandonner , rien n'étoit plus affreux , il alloit
expirer ! ô Amitié ! que tu agis puissam-
ment sur les âmes, tu fournis des forces à
l'humanité.

On faisoit des recrues , les beaux hommes
étoient recherchés , entraînés même de
force comme dans la plupart des royaumes
où , pourvu qu'on ait des soldats , peu importe par quelle voie ils ont été faits. Dorville n'étoit pas mal, il se présente, on
l'examine , le marché est bientôt conclu :
dix louis sont l'échange de sa liberté , il les
porte à un honnête François qui les avoit
retirés chez lui , avec prière expresse de ne
laisser manquer de rien son ami , et part
pour son Régiment, laissant pour Rosemont une lettre où il lui marquoit qu'il
s'étoit enrôlé, qu'il le quittoit avec douleur,
mais que la nécessité l'exigeoit ; que sitôt
qu'il auroit quelqu'argent , il le lui enve-
roit.

On ne lui remit cette lettre que lorsqu'il

fut un peu rétabli. Le procédé de son Ami le toucha jusques aux larmes. O Dorville, s'écrie-t-il, tu as tout sacrifié pour moi, généreux ami, tu es soldat ! toi !... et c'est pour me sauver la vie, que tu me laisses le prix de ta liberté !... Qu'as-tu conservé pour toi ? tu gémis peut-être, tu souffres dans l'indigence , pendant que Rosemont, au prix de ton bonheur, ne se refuse rien.... O Dorville, que tu es grand !... tu m'as montré le chemin, c'est à moi de le suivre.

Il s'informe du régiment ou étoit son ami, il y vole, s'y engage, et fier d'un habit qui le mettoit au niveau de Dorville, il court avec l'impétuosité du sentiment embrasser son généreux ami... Dorville ne sait quel est le soldat qui lui témoigne une aussi vive amitié, il le regarde, fait un cri, et lui saute au col, leurs bras se serrent... O mon noble ami, mon cher Rosemont , je te vois , je t'embrasse... quelle félicité ! Les larmes coulent de leurs yeux... Rosemont présente à son ami l'argent que

venoit de lui donner le Capitaine... Dorville le repousse... Quoi donc , es-tu las de
m'avoir une foible obligation ? Rosemont ,
tu m'outrages... ou plutôt tu m'affliges....
Epargne le cœur de ton ami.... prens cet
argent...

Rosemont touché d'admiration , de surprise, d'attendrissement , le regarde , soupire , reste muet , le bras étendu et tenant
la bourse... Au moins , lui dit-il , en sortant
de ce silence énergique , usons-en en amis ,
partageons... Sans cela, que me sert cet
or? je le méprise... Si Dorville le refuse;
Rosemont n'en veut point... Dorville y
consentit, et ce combat ne finit que par une
augmentation d'estime l'un pour l'autre.

Leur amitié , leur union , leur obéis-
sance, leur air distingué les firent aisément
remarquer parmi les autres soldats ; on ne
les appeloit pour nom de guerre que Nisus
et Euriale; les Capitaines , les Officiers
avoient en eux la plus grande confiance;
leur activité étoit très-utile parmi des Espagnols, paresseux, lents , et mornes.

Depuis quelque tems des brigands déso-
loient les environs de Madrid ; les Sbires ,
les Alguasils y avoient échoué, le Peuple
étoit vexé, on n'osoit sortir, les particuliers
ne pouvoient plus aller à leurs maisons de
campagne ; le premier Ministre qui en avoit
une charmante , auroit beaucoup désiré
d'exterminer ces scélérats ; personne ne
s'offroit ; Dorville et Rosemont se présentent ; leur air noble intéresse , leur façon
de s'énoncer surprend : ils demandent la
permission d'aller réduire les voleurs ; on la
leur accorde. Ils choisissent douze de leurs
camarades les plus déterminés , se cachent
dans les bois , s'y tiennent plusieurs nuits ,
examinent l'endroit où se retiroient les brigands , attendent l'instant favorable , tom-
bent sur eux , en massacrent une grande
partie , et font les autres prisonniers.

Ils furent comblés de louanges ; le Ministre leur offrit de l'argent , ils le refu-
sèrent ; ce procédé surprit ; il voulut savoir
leur histoire , leur récit l'intéressa ; il leur
proposa de se fixer en Espagne et qu'on los

E 6

avanceroit : cette proposition étant du goût
des deux jeunes gens , ils l'acceptent , et de
soldats ils deviennent offi ciers.

Près les casernes où ils habitoient , logeoit une jolie paysanne dont le père étoit
fermier. Rosemont , en chassant , s'étoit
plusieurs fois arrêté à la ferme , il avoit
trouvé la paysanne adorable; sa blancheur,
l'incarnat de son teint , la fraîcheur qui régnoit sur son visage , le sourire de la volupté
peint sur ses lèvres , pour un jeune officier ,
rien n'est plus tentant.

Rosemont mettant à profit la galanterie
françoise , avoit dit mille jolies choses à la
fille , qui s'y étoit accoutumée et ne l'avoit
pas trouvé mauvais. Le père occupé de son
labour , indolent comme tous ses compa-
triotes , ne prenoit pas bien garde à sa fille.
Rosemont en profita; il se fit aimer , ou
du moins on lui fit accroire : les dernières
faveurs , après cette résistance suffisante,
pour augmenter le plaisir , sans être assez
longue pour rebuter , lui furent accordées;
chaque jour , chaque nouveau plaisir semi-

bloit augmenter son amour , et embellir la
jolie fermière ; les jours s'écouloient comme
des instans : Rosemont étoit trop heureux
pour l'être long-tems.

Un Officier du même régiment que Rosemont ne connoissoit point, aperçut par
le même hazard la jolie Fermière ; il la
trouva à son gré , elle étoit seule ; il crut
que le plus sûr étoit de brusquer l'affaire ;
la paysanne appelle du secours , Rosemont
entre , sans lui elle étoit perdue ; il est furieux , l'autre officier ne l'est pas moins de
se voir arracher une conquête certaine.....

Qui es-tu ? — Qui es tu toi-même ? . . .
mon nom est sur mon épée. — La réponse
est fière ; — c'est la seule que tu mérites :
— j'en attends cependant une autre de toi ,
et ton insolence va être punie. Rosemont
le regarde fixément. . . . ils sortent , la Fermière veut les séparer ; Rosemont la repousse. . . . Est-ce à toi , lui dit-il , de vouloir t'opposer à ma vengeance ? c'est ap-
prouver son crime , retire-toi.

Ils tirent leurs épées , la paysanne pousse

des cris , personne ne l'entend , son père
et les valets étoient à la charrue ; Rosemont
plus heureux ou plus adroit perce son adversaire : à peine le coup est-il porté , qu'il
en est désespéré ; il s'approche pour voir
si l'officier respiroit encore , la mort avoit
fermé pour toujours ses paupières ; il fouille
dans sa poche pour y chercher une lettre ,
ciel ! elle est de sa mère , et à qui ? . . . .
C'est le vicomte d'Argenville , c'est son
frère qu'il a tué ! . . . O malheureux , que
vas-tu devenir ? . . . ton frère . . . . tu l'as
tué ! tes mains viennent de se baigner dans
son sang ! . . . . O fatalité ! ô mon père !
comment jamais oserai-je me présenter devant vous . . . . quand vous me redeman-
drez votre fils. . . . pourrai-je vous cacher
mon crime ! . . . O mon Frère ! ô mon
Père ! ô Dorville ! où es-tu ? . . .

La Fermière le tira de cette état affreux ,
il n'est pas tems de se plaindre , de gémir , il
faut sortir d'ici , voilà un cheval de la ferme ,
partons. — Comment chère amie , tu voudrois me suivre. — Oui , je ne te quitte pas.

—Le destin ne m'est donc pas tout-à-fait contraire ; l'amour daigne me consoler, chère amie, ma tendresse seule pourra récompenser tes soins, c'est le seul bien qui me reste.— J'ai pourvu à tout, vois-tu ce sac ? il nous aidera à attendre quelque circonstance plus heureuse.

Ils partent, et gagnent à grandes journée les frontières ; déjà ils aperçoivent de loin ces hautes montagnes, qui de leurs têtes touchent les cieux ; bientôt ils n'alloient plus rien avoir à craindre ; la gaîté, l'amour, animoient leurs cœurs et leurs regards, lorsqu'ils se virent environnés d'une troupe de bandits qui ravageoit les confins, et se retiroient dans les Pyrennées, la résistance fut inutile ; on les vole, on les dépouille, la Fermière qui leur parut jolie, fut sacrifiée pour leurs plaisirs ; après en avoir joui devant Rosemont, ils l'emmènent avec eux, et laissent ce malheureux amant à moitié mort de coups, de désespoir et de rage.

Presque nud, maudissant son étoile funeste, pleurant le sort de la jeune paysanne victime de la brutalité de ces coquins, il se traîne pour trouver un gîte et du secours.

Au bout d'un assez longue marche, de superbes avenues se présentent, l'abondance règne, les terres sont bien cultivés, un château superbe entouré de fossés, d'eau vive, où le poisson venoit jouer sur la surface, annonçoit la grandeur et la magnificence, il s'informe; c'est, lui dit-on, un couvent de religieux mendians, rien n'est si beau que cette maison.

La nuit approchoit, Rosemont entre, un frère se présente. « Je viens, lui dit-il, vous prier de m'accorder, pour cette nuit, l'hospitalité. » A vous? lui répond le frère d'un air insolent, nous prenez-vous pour des aubergistes? allez, mon ami, allez chez les pères Capucins, qui sont à cinq lieue d'ici, sur le mont, ils pourront vous donne quelque botte de paille, mais pour nous.— Mais, vous, vous êtes religieux, vous devez être charitable; vous me voyez volé, blessé, et vous me repoussez ! Est-ce là ce que votre règle vous prescrit?.. — Mais ce drôle-là

dieu me pardonne , s'avise de raisonner et
de faire l'impertinent... qu'on lâche les
chiens, s'il ne veut pas cesser de nous
importuner.

Que Rosemont souffroit ! que de peine il
eut à contenir sa colère! il prit le parti de
se taire ; qu'auroit-il pu faire davantage !
La forêt étoit sombre , la nuit noire , les
chemins peu fréquentés; il s'assied au pied
d'un arbre , pour prendre un instant de
repos, la faim, la crainte , ses blessures
quoique légères, le tourmentoient, enfin
ses paupières appesanties succombent, et se
ferment pour quelques momens , le bruit de
bûcherons qui travailloient le tire de son
assoupissement; il s'avance vers l'endroit
où il entendoit du bruit , ils firent de grands
cris en l'apercevant ; Rosemont dans son
triste équipage n'étoit pas à craindre... ils
se rassurent au récit succint qu'il leur fait
de ses malheurs... Asseyez-vous , camarade , lui dirent-ils , venez manger avec
nous de ce fromage, nous vous donnons ce
que nous avons, ce n'est pas comme ces

vilains ladres de moines , qui viennent nous
prêcher la charité , et épuiser la bourse des
pauvres laboureurs , des pauvres ouvriers ,
pendant que se reposant sur les travaux des
autres, jamais ils ne la pratiquent.... buvez
de ce vin , cela réchaufe l'estomach.
Dame , nous ne sommes que des bucherons ,
mais malgré cela nous élevons nos enfans ,
nous entretenons nos femmes; nous payons
nos dettes , et nous aidons nos semblables.
Quant aux cris que nous avons poussés en
vous voyant , le sang dont vous étiez couvert , votre abord subit, nous ont effrayés,
nous avons craint que vous ne fussiez de la
bande de Mazarillas , chef de voleurs :
nous allons vous raconter son histoire
tout en buvant un coup.

HISTOIRE

DE *MAZARILLAS*.

MAZARILLAS est fils d'un boucher de Tolède ; élevé dans le sang, il en verse facilement. Son père étoit dur, le battoit ; Mazarillas ennuyé de ce traitement , quitta la maison paternelle , et alla trouver son Oncle , licencié, qui jouissoit d'un bon bénéfice ; cet oncle mangeoit , buvoit tout le jour, et dormoit le reste du tems. Il avoit, pour sa commodité, une nièce fort jolie : Mazarillas la trouva telle , ils se plurent , se le dirent et agirent en conséquence. Le gros oncle , qui , par fatalité , ne dormoit pas cet instant là , les prit sur le fait ; il chassa son neveu.

Mazarillas fort fâché de ce que le réveil funeste de son oncle le privoit de sa bonne fortune, et de l'agréable vie qu'il menoit, ne pouvant se résoudre à travailler, entra Frère coupe-choux dans un couvent de Bénédictins ; son esprit étoit souple, insinuant, il flatta le Prieur, on le poussa, il entra dans les ordres, et devint Procureur.

L'occasion, comme on dit, fait le larron ; il manioit beaucoup d'argent, et beaucoup d'argent tente ; l'amour s'y mêla : le Fermier des Moines avoit une sœur très-jolie, le Père-Procureur alloit souvent chez le fermier pour faire ses comptes ; rien la dedans n'étoit suspect ; le Fermier lui-même n'y entendoit pas malice ; le Révérend Mazarillas jouoit des yeux, et souvent des mains : la petite Fille étoit tenace ; sans argent, elle ne vouloit rien accorder.

Mazarillas desirant satisfaire sa passion, fait sonner l'or, et propose un enlèvement. Un enlèvement ! soixante mille francs ! rien n'est plus joli ; elle accepte. Le Procureur feint, pour l'utilité du couvent, un voyage à Madrid ; il achète une chaise de poste, fait publiquement ses apprêts, sans qu'on eût la moindre défiance, et part avec sa maîtresse et vingt mille écus.

On le croyoit à Madrid ; le Fermier ne se doutoit pas que ce fût avec le Révérend que sa sœur se fût enfuie, il la croyoit chez une de ses Tantes, où elle avoit feint d'aller quelques jours même avant le départ du Procureur.

On n'entendoit point parler de Mazarillas, ni de sa négociation prétendue, on craignit qu'il ne fut tombé malade ; le Prieur écrit à Madrid.... Il n'y étoit pas venu.... Quel coup de foudre pour des moines que de perdre soixante-mille francs ! le Prieur en eut la fièvre, et on ordonna à tous les religieux, des jeûnes et des pénitences.

Mazarillas arriva à Paris ; il changea de nom ; se fit faire les habits les plus brillants, prit le train le plus magnifique, on ne parloit que du Seigneur étranger, il faisoit la plus belle figure, et qui plus est, payoit bien ; c'étoit le plus brave homme du monde ; mais avec cette exactitude ; l'argent ne subsista pas long-tems, et avec les

vingt mille écus, sa probité disparut: dans
les maisons où il avoit accès, sans qu'on
s'en aperçut; tantôt il emportoit une boîte
d'or, une montre; sa maîtresse l'ennuyoit
aussi; moine, il l'avoit trouvé charmante,
Seigneur étranger, il devenoit plus difficile; voler avec tant de peine et si peu de
profit, n'étoit pas son fait; voler publiquement, la police en France est trop exacte,
il prit son parti, il quitte maîtresse et
Paris, et revient effrontément en Espagne,
où il se met à la tête de trente hommes
résolus, qui le choisissent pour chef.

Ils ont formé une société; Mazarillas est
despote, il a droit de vie et de mort sur ses
sujets, qui lui sont entièrement soumis; il
a livré plusieurs combats, où il a toujours
été vainqueur; il n'est pas naturellement
cruel, mais aussi si le sang lui est nécessaire, il ne craint pas de le verser; on
prétend qu'il veut forcer le Roi d'Espagne
à lui accorder une Principauté où il puisse
former un petit état; il a la fureur d'être
Législateur : comme sa présence est souvent

très-désagréable , en vous voyant sortir du bois , couvert de sang , nous avons craint que ce ne fussent quelques-uns de ses soldats ; c'est ce qui nous a fait crier.

Rosemont leur apprit que Mazarillas avoit été pris , et qu'il y avoit contribué ; ils lui donnèrent mille louanges d'avoir délivré l'Espagne d'un pareille brigand. Après avoir déjeûné avec eux , il s'informe de sa route pour gagner la ville la plus proche ; ils la lui enseignent : ces bonnes gens paroissoient très-affligés de ne pouvoir lui donner de secours plus considérables ; leur compassion étoit grande , mais leur misère l'étoit encore plus : leur travail étoit à peine suffisant pour nourrir leur petite famille ; l'honnêteté , le bon cœur , le desir d'obliger étoient leurs seuls trésors ; ces qualités désirables sont ordinairement la récompense et la compensation de la pauvreté ; la richesse émousse, le bonheur endurcit , le malheur rend les infortunés compatissans et sensibles.

Rosemont réfléchissoit en lui-même..... « Quoi , disoit-il , je ne trouve sur cette terre de l'honnêteté, de la pitié, que chez ces êtres que l'on méprise ! Ma Mère, mon Frère me détestent ! mon Père m'aimoit, il est prévenu contre moi ! Retiré dans une terre, j'y vivois tranquille ; un Ami me met des chimères dans l'esprit, nous partons ; je me bats, je tue mon adversaire ; cet adversaire est mon frère ; je fuis, des voleurs me dépouillent, c'est leur métier.: mais des moines, possédant d'immenses richesses, malgré leur vœu de pauvreté, gueux par état, mendians par goût me repoussent, me refusent une nuit, une seule nuit, l'hospitalité ! . . . O Espagnols ! que vous êtes encore dans la barbarie !

Je trouve des bucherons malheureux, ployant sous le travail, n'ayant pour nourriture qu'un pain noir, arrosé de leurs sueurs ! ils me l'offrent, ils le partagent, ils s'en privent pour moi qui n'ai rien, qui ne puis reconnoître leurs bienfaits ! O humanité ! où as-tu choisi ton temple !

Tout en pensant ainsi, Rosemont étoit déja entré dans une Ville ; il l'avoit presque
passée

passée sans s'en apercevoir.... Où vais-je,
dit-il ; resterai-je ?.... quel est l'endroit
où l'on voudra d'un malheureux comme
moi ? ... C'est ici une grande ville ; je vois
par-tout des maisons de gens riches , c'est
à dire d'êtres insensibles ; j'aperçois nom-
breuse suite de valets , c'est-à-dire d'imper-
tinens : je ne trouverai pas ici mes hon-
nêtes bucherons ; ils sont opulens ,
fuyons.....

Une troupe de monde assemblé l'empêche de passer ; on environnoit la porte d'une
maison ; on se pressoit , les uns pleuroient ,
d'autres maudissoient : on parloit de châtiment , de punition , de jalousie. Ce spectacle suspendit un instant la douleur de
Rosemont : la curiosité lui fit demander la
cause de ses différens mouvemens ; vingt
personnes à la fois se mirent à lui raconter
le sujet de ce concours de peuple.

F

LA VENGEANCE.

Madame la comtesse de B.... françoise et bretonne, avoit élevé, dès la plus tendre enfance, une jeune et fort jolie paysanne de sa terre, pour lui servir de Femme-de-chambre : sa vertu, sa conduite regulière la faisoient estimer de sa maîtresse. Un Valet-de-chambre de la même maison, en devint amoureux ; il se proposa pour l'épouser ; il fit un détail avantageux de sa fortune, assez considérable pour son état, et tâcha de la fléchir par toutes sortes de moyens : ses efforts furent inutiles ; ses biens ne produisirent aucun effet ; elle lui déclara qu'elle ne vouloit point se marier.

Ce refus piqua le Valet-de-chambre ; il la laissa tranquille quelque tems : mais bientôt après, il recommença ses poursuites plus vivement que jamais ; elle tâchoit de l'éviter. Le Valet-de-chambre l'arrêta un jour par le bras, pour lui demander une cause de ses refus : « je vous ai dit cent fois, lui répondit-elle, que je ne voulois point me marier, et quand je le voudrois, ce ne seroit jamais vous que j'épouserois. » Son impatience lui fit lâcher ce mot ; le Valet-de-chambre ne l'oublia pas ; il résolut de s'en venger, il en trouva bientôt l'occasion, et comme il l'aimoit toujours, il espéra, que par sa ruse, il pourroit parvenir à la posséder.

Il y avoit beaucoup d'argenterie dans la maison, il en cacha plusieurs pièces dans la malle de la jeune Femme-de-chambre, et les enveloppa de ses hardes ; on ne s'en aperçut pas d'abord, peu à peu le vol devenant plus considérable, on fut inquiet ; à qui s'en prendre ? Chacun protestoit de son innocence, la Femme-de-chambre étoit la moins soupçonnée.

Ce n'étoit pas ce que désiroit le Valet-de-chambre, il déguisa son écriture, et envoya à la Comtesse un billet anonime conçu en ces termes.

« Defiez-vous, Madame, de vos domestiques, le vol n'est pas sorti de votre maison, je suis assez sûr de cet avis pour vous répondre du succès ; mais je ne crois d'aucune utilité de vous faire savoir mon nom. »

La Comtesse fut très-agitée à cette nouvelle, elle croyoit être sûre de tous ses gens, elle fut fort étonnée, on ordonna les recherches, le Valet-de-chambre vint lui-même le premier remettre ses clefs, la femme de chambre et les autres dosmestiques en firent autant; la Comtesse fouilla partout; quelle fut sa surprise, lorsqu'elle vit son argenterie dans la malle de Sophie......
Elle appelle sa Femme-de-chambre et lui montre la malle... O ciel dit cette pauvre fille!... Elle s'évanouit... On la fit revenir; la Comtesse l'accabla des plus vifs reproches... Je ne vous croyois pas capable de telles bassesses, vous méritez le supplice, je veux bien vous en exempter ; allez vous

faire pendre ailleurs ; mais convenez tout à l'heure de votre crime. — Moi en convenir, Madame, eh ! comment, pouvez-vous le croire ? vous me soupçonnez ! O Dieu ! j'espérois plus de votre confiance ; moi, vous avoir volée ! Que je suis malheureuse ! — Vous en voyez les preuves, continua la Comtesse, cette argenterie étoit dans votre malle ; vous en avez la clef ; qui voulez-vous qui l'ait été cacher ? allons, convenez de votre faute, et fuyez d'ici. — Non, Madame, non, je ne conviendrai jamais que je suis une voleuse, une misérable ; vous pouvez me faire ôter la vie, mais jamais l'honneur. — Vous faites la raisonneuse ? quelle effronterie ! vous prétendez donc nous en imposer ? allons, qu'on aille chercher le Commissaire, nous verrons si la torture ne vous fera rien avouer. Le Valet-de-chambre court lui-même chercher un Commissaire ; il arrive, fait son procès-verbal et ordonne qu'on conduise la criminelle en prison.

Tous les domestiques pleuroient ; elle

s'étoit fait aimer ; le Valet-de-chambre parut le plus affligé , elle le croyoit. Enfin on fait son procès : la Comtesse, par son crédit , obtient qu'elle ne sera que fouettée et marquée. L'exécution se fait ; le Valet-de-chambre étoit enchanté : nous verrons , disoit-il en lui-même, si, maintenant qu'elle est déshonorée , elle fera la difficile ; elle sera trop heureuse de m'épouser : il se félicitoit d'avance de son crime.

La malheureuse Sophie , flétrie , chassée , sans aucun moyen de subsister, s'éloigne d'un pays aussi funeste ; tout en mendiant , elle gagne l'Espagne ; elle se met chez une Marchande de modes ; elle étoit fort adroite, et fit bientôt beaucoup de profit à sa Maîtresse.

Comme elle étoit très-jolie, les jeunes gens venoient en foule dans la boutique , mais ce dont on parloit le plus, c'étoit de sa vertu et de sa modestie. Un Orfèvre fort riche, qui demeuroit près la Marchande de modes , cherchant à se marier, crut ne pouvoir mieux rencontrer, que de faire le bon-

heur de cette vertueuse fille : il alloit souvent la voir, son esprit lui plut ; il en devint
tout à fait amoureux : la Marchande, ravie
de procurer un état aussi agréable à Sophie,
l'engage à l'épouser ; il y consent ; le mariage se conclut.

Le Valet-de-chambre n'avoit point oublié
Sophie ; il savoit qu'elle étoit en Espagne,
et, résolu de la suivre, il ne tarda qu'autant de tems qu'il lui en fallut pour vendre
ses nippes et demander son congé. Il arrive
en Espagne, dans la ville où elle s'étoit retirée ; s'informe, et apprend qu'elle est
mariée et heureuse. . . . Oh, cela est trop
fort, dit-il, elle m'échappe encore, et cela
pour toujours ! Allons, essayons tout, et
si nous ne pouvons réussir, vengeons-nous,
et périssons plutôt. Il choisit l'instant où
l'Orfèvre étoit absent ; il va chez Sophie ;
sa surprise fut extrême. Quoi, c'est vous,
lui dit-elle. — Oui, et toujours plus amoureux que jamais. — Vous savez mon histoire. — Je sais que je suis le plus malheureux des hommes, si vous rejettez mon

amour. Sophie vertueuse , ne veut point
l'écouter ; il la menace de tout conter à son
époux. Elle frémit , mais sa vertu la sou-
tient ; il presse , elle fuit. — Tu me mé-
prises, s'écrie-t-il, dans peu tu me haïras :
tremble , mon amour outragé est capable
de tout.

Furieux , n'écoutant que sa rage , il
retourne chez lui , commande à l'Orfèvre,
pour s'insinuer dans sa confiance , plusieurs
pièces d'argenterie; l'Orfèvre vouloit toujours l'engager à voir sa femme; des affaires
supposées l'en dispensoient; enfin un soir
causant avec l'Orfèvre , il le reconduit jusqu'à sa maison : Sophie étoit dans la boutique. — Quoi, lui dit mystérieusement le
Valet-de-chambre, contrefaisant l'étonné,
vous avez cette créature dans votre maison!
ô ciel ! il faut vîte la renvoyer. — Comment!
la renvoyer ? — C'est la plus infâme coquine qui fût jamais. — Une coquine !...
ciel ! c'est ma femme. — Votre femme!...
mille pardons, je me suis apparemment
trompé , je suis désespéré d'avoir pu la

noircir. — Que vouliez-vous donc dire, reprit l'Orfèvre inquiet. — Je parlois d'une malheureuse nommée Sophie, fort gentille, avec qui j'ai servi à Paris, et dont je me suis bien amusé; notre petit commerce alloit assez joliment, je ne la connoissois pas ; la misérable vola à sa Maîtresse qui la chérissoit, des diamans, de la vaisselle; on la prit, on lui fit la grâce de ne la pas pendre, mais elle a été fouettée et marquée ; j'ai appris qu'elle s'étoit retirée chez une Marchande de mode dans une ville d'Espagne; elle m'a écrit pour savoir si je voulois renouer notre commerce, le mépris et le silence, ont été ma réponse; voilà son histoire, et j'avoue que la ressemblance est parfaite avec votre épouse; pardonnez si j'ai pu me méprendre.

L'Orfèvre dissimula; cependant le Valet-de-chambre vit bien que le coup avoit porté; le mari rentre, sa femme veut sauter à son col; il la repousse, celle-ci fond en larmes, elle croit tout découvert ; la réputation d'honnête homme dont avoit toujours joui le Valet-de-chambre la rassure ; elle ne peut le croire capable d'une pareille perfidie : ils se couchent ; l'Orfèvre fait semblant de s'endormir, et lorsqu'il voit sa femme plongée dans le sommeil : éclaircissons-nous de ce fatal mistère, dit-il, voyons si ma femme est cette malheureuse... Qu'elle subisse le châtiment dû à ses crimes.

Il lui découvre l'épaule, il aperçoit l'ignominieux caractère : la rage et le désespoir s'emparent de lui : l'amour combat, mais la fureur l'emporte ; il lui plonge son épée dans le cœur et se frappe de la même arme. Le matin, les garçons de boutique voyant l'heure où leur maître paroissoit passée de beaucoup, ont envoyé chercher un Alguazil : la porte a été enfoncée. Le malheureux qui est la cause de ce tragique événement apprit la chose d'un des garçons qui est venu la lui dire, comme à l'ami de son maître. La pitié, l'amour, la douleur, ont pris la place de son desir de se venger. Il s'est arraché les cheveux, s'est accusé de leur mort. La Justice s'en est emparé ; il a

avoué tous les excès, où l'avoit porté le
desir de posséder Sophie.

Quel tissu d'horreurs ! s'écria le philosophe Rosemont : que ce malheureux su-
bira avec justice la punition des crimes qui
ont causé la mort et le deshonneur d'une
innocente ! Que cet Orfèvre est infortuné !
Mais moi, je le suis encore plus... il est
mort... et je traîne mon existence, fardeau
encore plus insuportable que ma pauvreté...
Oh bon monsieur Dorville, que ne vous ai-
je cru ?

La faim le pressoit : mendier !... quelle
idée ! peut-elle me venir !... Non, j'aime
mieux mourir mille fois ; essuier des humiliations, des refus ! S'avilir devant des êtres
souvent méprisables ! les prier... Les prier !
moi ! je serois assez lâche..... Que faire
donc ? mais il y a un Curé ; ce Curé est
un ministre du Seigneur, qui doit secourir
les misérables ; c'est son état ; c'est son
devoir : pourvu que je puisse gagner la
terre de mon père... je suis sûr de le flé-

chir..... Allons Rosemont , arme - toi de courage.. ton amour propre va soutenir un assaut.... mais ce Curé est peut-être un Prêtre respectable ; espérons.

Il va chez le Curé; le Pasteur étoit à table , le dîner paroissoit succulent...... Rosemont entre... Le Curé le regarde ; il étoit mal mis , « quoi s'écrie t-il , encore un importun., parbleu, il prend bien mal son moment... vite.. que voulez-vous ? — Inté- resser votre pitié, répond Rosemont en begayant , je suis un Gentilhomme françois. —Bon.. on ne voit plus que cela... En quoi puis je vous aider ?... Dépêchez. — Par... quelque.. argent, pour passer en mon pays. —Vous badinez je crois, si j'étois obligé de donner ainsi de l'argent... allons , allons, mon ami... vous êtes François... suis-je obligé de donner aux étrangers ? j'ai mes paroissiens , c'est bien assez. — Mais je suis pauvre, comme pasteur, vous êtes le père des pauvres; comme chrétien, vous devez les assister. — Beaux discours que tout cela, si je les écoutois , il faudroit mourir de

faim ,

faim , et ma foi j'aime à vivre. — Il y paroît. — Comment vous vous donnez les airs
de faire des épigrammes... Ah mon ami !
allez , allez , vous n'êtes pas si à plaindre...
Comment vous plaisantez... Sortez, vous
mériteriez que je vous livrasse à la sainte In-
quisition ; si vous êtes encore ce soir dans
la ville , je vous promets un gîte pour la
nuit... Va , je vais sortir , lui répondit Rosemont , et je ne désire rien tant que de ne te
plus avoir devant mes yeux.

Quelques fruits le soutinrent jusqu'à son
arrivée dans la France; déja il entroit dans
les plaines du Béarn. Plongé dans les plus
tristes réflexions , ne voyant rien de favorable pour l'avenir , il marchoit et sembloit
avoir oublié pour quelques instans les besoins qui le tourmentoient ; un château superbe se présente ; beaucoup de valets sur
la porte et dans la cour , dansant , buvant ,
versant des flots de vin , annonçoient la joie
la plus vive: quel spectacle pour un malheureux ! il augmente sa douleur... Ils s'a-
musent , ils sont heureux , et moi je suis

G

l'être, depuis ma naissance, le plus infortuné. Tout respire l'abondance; ces valets,
espèce souvent sans amitié, toujours sans
éducation, avalent à longs traits le plaisir,
nagent dans l'opulence; et moi, noble,
officier né pour être riche, je languis, et je
suis obligé d'avoir recours à eux; passons
cette charmante retraite, elle n'est pas faite
pour moi... Entrez donc, camarade, lui
crie un domestique, il n'y a point de mé-
contens aujourd'hui; vous n'avez pas l'air
trop riche, et vous paroissez bon diable;
venez boire un coup, c'est aujourd'hui
grande réjouissance, notre maîtresse se ma-
rie : allons, venez... La nécessité triompha
de l'amour-propre; Rosemont entra.

Des banquets de tous côtés étoient pré-
parés; on voyoit de longues tables couvertes
de mets appétissans; des paysans, des paysannes le verre à la main, chantant à la
ronde, témoignoient la satisfaction de leur
ame par des preuves non équivoques: les
cris, les chants, les ris, tout parloit, tout
s'exprimoit dans ces bonnes gens : le père,

la mère , l'époux s'embrassoient , embrassoient leurs enfans.

Que ne me faisois-tu paysan , sort barbare ,
disoit en lui-même Rosemont ! Il s'assied à
côté d'eux ; eh bien camarade , de la gaîté ,
pourquoi cet air triste ? êtes-vous fâché
d'être avec nous ? tenez.... regardez notre
fille Javotte , cela fait toujours plaisir.

Rosemont de peur de fâcher ses convives
affecta de l'enjouement. Après le repas ,
les violons arrivent ; les jeunes paysans avec
cette galanterie brusque , mais naturelle ,
vont prier les jeunes paysannes à danser...
Rosemont partoit... la nouvelle mariée paroît , elle ouvre le bal ; la curiosité fait dé-
tourner les yeux à Rosemont... il pense
s'écrier., quelle surprise ! c'est sa mère , sa
mère , qui se remarie ; que de coups à la fois !
son père est donc mort ? son père , son
unique ressource : ô nature !

Il se contint ; la joie brilloit dans les
regards de la mariée ; le mariée paroissoit
plutôt avoir épousé le bien que la personne...
O mon père , disoit en lui-même le Che-

valier, vous seul dans le monde que je
desirois revoir, auprès de qui j'espérois me
justifier, vous êtes mort ! je n'ose me livrer
à mes conjectures, elles sont terribles ; je
ne vous reverrai plus : toute consolation
m'est ôtée. Encore si ma mère... espérons,
peut-être sa haîne sera-t-elle appaisée.

Il attendoit impatiemment la fin de la
danse, elle cessa enfin ; Rosemont fait dire
à sa mère qu'un Etranger desire lui parler ;
on l'introduit chez elle... Vous ne me re-
connoissez pas sans doute... le tems a
altéré mes traits ! je ne vous remets pas,
mon bonhomme : qui êtes-vous ?—Hélas !
que je suis infortuné ! rien ne parle dans
votre cœur en ma faveur. — Oh je vous
jure que non : que signifient ees propos ?
— Vous avez donc oublié tout à fait le
malheureux... Rosemont. — Vous, Rosemont ? vous, mon fils ! quelle imposture !
depuis long-tems ce misérable a subi le
sort qu'il méritoit ; il est mort et c'est être
bien foumbe et bien audacieux que d'oser ici
prendre son nom. — Ah ! Madame, quel

coup ! votre haine subsiste donc encore ? Qu'ai-je fait pour la mériter ? — C'est pousser trop loin l'insulte , je vais appeler mes gens. — O ma mère , vous l'êtes , pouvez-vous me méconnoître ! la nature a des droits ineffaçables ; ayez pitié d'un malheureux , pauvre , dénué de tous secours , réduit à la dernière misère , ne lui refusez pas du moins votre pitié ; recevez-moi au nombre de vos valets ; laissez-moi jouir de la consolation de vous voir, de vous aimer. Ma mère... j'embrasse vos genoux. — Insolent... va... retire-toi ; et ne parois jamais ici. — Dieu cruel ! s'écrie Rosemont , est-ce là le dernier de tes coups ? ma mère me méconnoît ! ô mort, viens m'anéantir !

Il tombe sans connoissance : sa mère barbare, intéressée qu'on ne lui crût pas de fils , le fait transporter par une porte de derrière dans la campagne ; une voiture le porte jusqu'à quatre lieues ; quand il y fut, on le descendit ; la connoissance ne lui étoit pas revenue ; on le pose à terre sans s'en embarrasser.

Un paysan charitable, allant le matin à
l'ouvrage, trouve un homme étendu qui
respiroit encore ; il le soulève, le frotte,
rappelle en lui la chaleur presque éteinte,
le charge sur ses épaules et le porte dans
sa chaumière. Tiens, femme, dit le bon
André, je perdons notre journée, ce n'est
que de l'argent après tout, et j'y gagnons
encore, car j'avons fait une bonne œuvre.
Ce pauvre homme étoit tombé évanoui, il
auroit pu mourir, si le bon Dieu ne m'eût
envoyé là... Allons, mettons-le sur notre
lit ; fille, chauffe notre bouillon, nous n'en
mourrons pas, quand un jour nous nous
serons passés de soupe.

L'humanité la plus respectable animoit
ces vertueux villageois ; sans science, sans
éducation, sans richesses, ils étoient bons,
leur cœur étoit compatissant, leur ame
honnête et sensible.

Peu à peu, par les soins de ses hôtes,
charitables, Rosemont fut bientôt rappellé
à la vie... Où suis-je ? s'écrie-t-il : ma mère,
vous êtes-vous repentie de votre cruauté ?

Suis-je chez vous... Non... cette chaumière n'est point votre demeure, ces visages sont étrangers; qui que vous soyez, dites-moi où je suis.

Les paysans lui croyoient le cerveau un peu dérangé.... Eh bien vous ne me répondez pas, continua Rosemont, de grace tirez-moi d'inquiétude. Nous sommes des paysans, répondit le bonhomme André, nous vous avons trouvé sans secours, étendu sur la terre, nous vous avons porté ici........ — Ciel, quelle barbarie ! Il falloit m'y laisser périr... Pardons, mille pardons, la douleur me fait parler malgré moi ; je vous remercie, généreux vieillard, des soins que vous avez pris pour moi; mais si vous saviez mes malheurs, vous en auriez pitié... Suis-je loin du château où s'est hier mariée une Dame... — Bah ! cette vieille qui a épousé un jeune homme dont elle est folle... Est-ce que vous en seriez amoureux ? — A quelle distance en suis-je ? — A quatre lieues. — Ah cruelle, tu es une tigresse ! pourquoi te suis-je si attaché ?

G 4

Le silence succède à cette exclamation ;
les bons paysans ne savoient ce que cela
vouloit dire, ils laissèrent leur hôte se
reposer. Rosemont en fouillant dans ses
poches y trouve un petit paquet ; il ouvre ;
c'étoient deux louis enveloppés dans un billet.

« Ta mort est certaine, si tu ne t'éloi-
gnes pas au plus vîte de la province; mon
fils, ou non, que je ne te revoie jamais ;
voici deux louis, secours plus que suffisant
pour te conduire dans quelque Hôpital,
où je te conseille de finir tes jours. »

Quel billet, s'écrie Rosemont en le
déchirant de rage : non ne crains rien,
marâtre dénaturée, jamais ton fils n'ira
t'importuner, ta pitié est une offenses, tes
secours sont des affronts; ce n'étoit pas de
l'argent que je te demandois, c'étoit de
l'amitié, de la tendresse, du sentiment, tu
n'en es pas capable; je ne suis pas ton fils,
Rosemont épuisé retombe dans un évanouissement profond.

Ses hôtes furent effrayés en le trouvant
sans connoissances : le bon André étoit

toùt affligé devoir un homme si malheureux ;
de nouveaux secours le tirent de son
évanouissement.

Il étoit abimé dans les plus tristes réflexions , rien ne l'en arrachoit. André avoit
une fille charmante , pleine d'un esprit
naturel , que l'art n'avoit pas encore embel-
li ; c'étoit la belle nature , la simplicité , la
gaîté personifiée ; elle faisoit tous ses efforts
pour réjouir Rosemont: ils étoient inutiles.
André avec son gros bon sens tâchoit de le
consoler ; eh bien , toujours triste , secouez
votre chagrin , promenez-vous , marchez ,
travaillez plutôt que de rester là comme une
souche ; pardonnez-moi la liberté que je
prens , mais c'est le cœur qui parle ; vous
dépérissez à vue d'œil , et quand on est
mort , c'est pour toujours.... Riez donc :
ma femme , ma fille , allons , réjouissez
votre hôte ; si je ne le retrouve pas plus
gai à mon retour , je m'en prendrai à vous.

Rosemont ne pouvoit s'empêcher de sourire, quand il voyoit le zèle du bon André ;
et quand il souriot , tous les visages s'ani-

moient de l'air de la joie ; les malheureux intéressent ; ils avoient pris pour Rosemont une tendre amitié ; la fille d'André, sans s'en apercevoir, avoit laissé blesser son cœur.

Au bout de quelques jours, Rosemont put se lever ; son noir chagrin ne le quittoit pas. Enfin, il résolut de finir une vie si misérable ; une rivière couloit près de la chaumière d'André ; cette rivière lui parut propre à accomplir ses funestes projets. Il choisit un instant où André et sa famille étoient éloignés ; il avance vers la rivière : Je vais donc à la fin être délivré de la vie ! dans un instant mes malheurs seront finis ! je vais mourir ! Tout m'a abandonné ; abandonnons tout ! Allons.

Il alloit se précipiter ; un cri se fait entendre, une main l'arrête ; il se retourne ; c'est la fille d'André ; Rosemont la repousse ; elle le tient toujours. Que voulez-vous faire ? lui dit-elle, du ton le plus tendre et le plus naïf ; pourquoi mourir ? vous êtes donc mécontent de nous ? cruel !...

Rosemont la fixe : jusques là il ne s'étoit jamais douté qu'elle fût jolie ; ses pleurs, ses yeux attendris étoient intéressans, sa posture laissoit voir les avantages dont la nature l'avoit douée. Rosemont prend involontairement sa main et la baise : ô charmante fille, tu t'intéresses à mon sort, à ma vie... est-il bien vrai ?... tu es la seule dans ce vaste univers ; toi, belle, jeune, aimable, que t'importe la conservation d'un être aussi infortuné ? laisse-moi, de grace, finir mes maux : en mourant ma félicité commence....

Ciel ! quel blasphême ! s'écrie la tendre André, et que deviendrez-vous si vous mourez ainsi ; Dieu, que vous offensez, vous pardonnera-t-il ? Par ce crime vous perdez le fruit de vos travaux, le mérite de vos peines, et vous risquez de souffrir des maux bien plus violens. — Arrêtez, quelle triste réflexion !..... souffrir éternellement !... Non, je ne puis souffrir plus que je ne fais, je n'ai plus rien à craindre... Vous reculez d'effroi, fille char-

G 6

mante, suspendez votre jugement, ne croyez
pas Rosemont un blasphémateur, un impie;
il n'est qu'aigri, ulcéré par un malheur
constant ; vous voulez que je vive, j'y
consens; mais pour vous consacrer des jours
dont vous êtes la maîtresse.

Ils retournèrent ensemble à la chaumière;
la jeune paysanne ne vouloit pas qu'il parlât
de ce qui venoit d'arriver, mais elle ne le
put obtenir de sa reconnoissance. — J'allois
perdre la vie de l'ame et du corps, dit Rosemont à André en l'embrassant, votre fille
m'a sauvé sur le bord du précipice; insen-
sé, furieux j'allois me noyer; elle m'a arrêté, elle m'a convaincu : jamais, jamais
je n'ai entendu de discours aussi pathétique;
le baume, la consolation ont coulé dans
mon cœur ; ah, mon ami, j'ai senti un
ravissement intérieur ! c'est le seul moment
de félicité, dont j'ai e joui depuis ma naissance.

Tout ce qui s'étoit passé, avoit excité la
curiosité d'André; il demanda à Rosemont
le récit de son histoire; Rosemont y consentit.
— Morgué, s'écria André après ce récit,

voila une vilaine mère ! mais c'est qu'elle vous tueroit comme elle le dit. Je ne veux pas parler... mais son premier mari...hen... dieu sait ce qu'il en est... Vous ne connoissez pas celui qu'elle épouse, c'est son intendant ; ce jeune étourdi lui a tourné la cervelle, et elle a fait la sottise de se marier avec lui.

Cette nouvelle ne fit qu'accroître les chagrins du Chevalier. —Camarade, continua le sensible André, vous n'avez donc plus rien, car il ne faut pas compter sur cette méchante femme, vous ne pouvez plus retourner en Espagne, puisque vous y avez tué votre frère et enlevé une fermière, voulez-vous que je vous donne un conseil : fuyez le monde, puisqu'il vous fuit, restez ici avec nous, vous y travaillerez, je vous trouverai de l'ouvrage ; nous sommes de bonnes gens sans façon, vous mangerez notre soupe, vous vous fixerez ici..... et peut-être, que sait-on, quelque jolie paysanne vous fera-t-elle faire une folie, il ne faut jurer de rien.

Le Chevalier sourit en regardant la fille
d'André; il fut surpris de lui voir les yeux
baissés, la contenance triste, il n'en fit rien
paroître dans l'instant; mais quand ils furent seuls : qu'aviez-vous donc, belle André, lui dit-il, vous étiez sérieuse? seriez-
vous fâchée? — Non, Monsieur. — Vous
me dites cela bien froidement; ne seriez-
vous plus aussi bonne, aussi compatissante
depuis que vous savez que j'ai toujours été
malheureux. — Ah, toujours!... Oui, ce
mot vous étonne. — Quand vous alliez voir
cette jolie fermière, votre malheur n'étoit
pas si grand. — Ah! charmante fille, est-ce
là le sujet de votre petite humeur? calmez-
vous, jamais mon cœur ne fut touché,
c'étoit une amusette de garnison, que la
nécessité et l'ennui autorisoient; cette
crainte vous rend mille fois plus aimable et
trahit votre cœur. Vous m'aimez donc,
ne me le cachez plus? — Oh! oui, je vous
aime beaucoup, pourvu que vous ayez oublié la jolie fermière. — Oh! oublié pour
toujours, cela est décidé, je veux rester icí

toute ma vie, pour vous y adorer sans cesse.

Sitôt qu'André fut de retour, il lui annonça sa résolution; les préparatifs se font, et le Chevalier de Rosemont devient garçon jardinier : armé d'une bêche et d'un rateau il se rappelle le père de Dorville; le souvenir de ses malheurs s'effaçoit peu à peu; le travail, l'amusement, les conversations sensées du bon André, sa fille à qui il apprenoit à parler purement sa langue, à qui il montroit l'histoire, la musique dans ses instants perdus, qu'il voyoit s'embellir et s'instruire de jour en jour, l'amour, grand consolateur, qui faisoit dans son cœur de rapides progrès, tout servoit à adoucir sa douleur, s'il ne la détruisoit pas.

Rosemont devenu tout a fait philosophe, résolut de ne pas sacrifier son bonheur à de vains préjugés; il trouvoit la fille d'André belle, vertueuse, instruite, que pouvoit-il désirer de mieux? Il la demande à André, qui la lui accorde avec plaisir; mais Rosemont n'étoit pas fait pour voir réussir aucun de ses projets, le sort toujours contraire lui préparoit de ces coups qu'on ne peut prévoir, qu'on ne peut même imaginer.

La Comtesse inquiète de savoir son fils à quatre lieues d'elle, craignant qu'il ne vint la démasquer, l'avoit fait suivre; elle savoit qu'il étoit resté dans le village, chez le paysan qui l'avoit secouru; elle avoit patienté tant qu'elle avoit espéré qu'après sa guérison, il partiroit; mais sachant qu'il étoit heureux, et qu'il alloit se marier avec une paysanne charmante, sa rage prend de nouvelles forces, et foulant aux pieds toute crainte, toute considération, barbare jusqu'à la fin, elle se résout à le priver de cette dernière consolation par le moyen le plus noir, et le plus indigne.

Elle fait dire à la jeune paysanne et à sa mère de venir au château; comme le village dépendoit d'elle, rien ne parut extraordinaire dans cet ordre. Madame André, sans aucun soupçon, y va avec sa fille : la Comtesse avoit choisi pour exécuter son noir projet le tems où son mari n'y étoit pas.

On fait entrer les deux paysannes; ma fille, dit la barbare Comtesse à la jeune André, vous voila grande, vous êtes gentille, je vous aime, j'estime votre famille, je veux vous marier, et je vous ai trouvé un parti convenable. Madame, lui répondit la pauvre André tremblante, mon père et ma mère décideront. — Oui, oui, cela est tout décidé, c'est mon cocher que vous épouserez ce soir. — Quoi, Madame, dit la mère de la jeune fille? — Oui, je le veux, et cela sera. — Vous n'en avez pas le droit; je l'ai promise, et d'ailleurs sans son père... — J'ai le droit de te faire enfermer pour tes jours... Entrez Lapierre... Je vous conseille de le refuser; il vous fait trop d'honneur.

Ce Lapierre étoit un libertin, dévoué à la Comtesse, et ministre secret de ses sinistres exécutions; elle lui avoit confié son projet, sa vengeance, tout étoit convenu entr'eux. Je vous donne jusqu'à ce soir, continua la Comtesse; décidez-vous.

Il n'y avoit pas possibilité de s'enfuir, tout étoit exactement gardé, la bonne

André et sa fille versoient des torrens de larmes , elles s'étoient bien jurées de résister , espérant que leur fermeté vaincroit la Comtesse.

Le soir , comme elle leur avoit dit , elle entre. Eh bien ! Est-on encore rebelle à mes volontés ?..... Parlez donc petite fille ? — Madame , permettez que j'obéisse à ma mère. — C'est donc vous qui vous y opposez ! — Oui Madame , toute Comtesse que vous êtes , de quelle autorité voulez-vous disposer de ma fille ? je suis sa mère , c'est tout dire ; elle ne veut point de votre Lapierre , ni moi non plus ; si son père l'exige , elle le fera , laissez-nous aller le consulter , sans cela elle ne l'épousera pas. — Elle ne l'épousera pas ! dit la Comtesse en courroux. Ah ! Nous verrons , nous verrons votre orgueil humilié; vous me demanderez par grace qu'il épouse votre fille. — Qu'on tienne cette femme , et qu'elle soit témoin de la manière dont je punis ceux qui me résistent.... Aussitôt on saisit madame André qui pousse des cris lamentables, et l'infâme Lapierre aidé de la Comtesse qui y prête son indigne ministère, assouvit sa brutale passion sur la jeune fille, malgré ses cris et sa défense......

La Comtesse après cet horrible exploit les fait mettre à la porte, malgré l'obscurité, lui disant ironiquement qu'elle peut aller épouser son amant.

André et Rosemont étoient inquiets de ne les pas voir revenir ; la nuit étoit déja avancée, ils entendent frapper, ils y volent, ils ouvrent... que deviennent-ils ?... la bonne André et sa fille sont baignées de larmes, couvertes de sang, l'une écume de rage, et ne respire que la vengeance, l'autre implore la mort, et pousse des cris douloureux.

D'une voix entre-coupée, madame André raconte l'affreux forfait de la Comtesse..... André ne se connoissant plus veut sur-le-champ aller la poignarder. Rosemont l'arrête : c'est ma mère... C'est tout ce qu'il peut dire. Il tombe sur une chaise. Ma mère !... je ne l'avois pas prévu ; destin barbare, tu forges pour moi des malheurs inouis : il ne manquoit plus que ce coup... Femme qui violes les droits les plus sacrés; monstre, pourquoi suis-je ton fils? j'irois te poignarder et laver dans ton sang le plus sensible des outrages : ô rage!... ô mon ami!... ô mon amante! Ils n'osoient se regarder, Rosemont passoit de la fureur aux larmes; toute la nuit s'écoula dans des plaintes contre le sort. Rosemont se maudissoit, maudissoit sa mère; André tantôt se désespéroit; en regardant sa fille appuyée sur sa mère, il tournoit ses yeux sur Rosemont, et sa colère se changeoit en douleur; sa femme s'arrachant les cheveux tenoit sur ses genoux la tête de sa fille : ses yeux étoient fermés, ses joues étoient couvertes de la pâleur de la mort, on ne s'apercevoit qu'elle respiroit encore, qu'à de fréquentes convulsions, qui faisoient recommencer les sanglots et les cris....

Le jour parut sans apporter de remèdes à leurs peines; André ne parloit que de fer, de poison. Rosemont l'arrêtoit en lui

montrant qu'il étoit affreux d'être un assas-
sin , ou de rendre public le deshonneur de
sa fille : quel tourment il souffroit en
empêchant une vengeance, que son cœur
avouoit , desiroit même ! mais quoique la
Comtesse n'eût pas traité Rosemont en fils ,
il ne pouvoit oublier qu'elle étoit sa mere.

La fièvre , le chagrin consumoient la
jeune André , Rosemont l'embrassoit , lui
juroit de l'aimer toujours , des larmes cou-
loient de ses yeux , un soupir étoit sa réponse... tous pleuroient autour de son lit ,
ce n'étoient que sanglots , paroles entre-
coupées ; la jeune André les regardoit , des
pleurs inondoient son visage..... La fièvre
augmentoit , le transport suivit bientôt...
les trois quarts de la journée s'étoient déja
passés sans qu'aucun d'eux eût pensé à ré-
parer ses forces par de la nourriture.... le
même motif les animoit.....

Sur le soir , la jeune André reprit connoissance , la joie se peignit un instant sur
les visages , mais ce n'étoit pas pour long-
tems.. elle les fait tous approcher de son lit :

« Je meurs bien jeune.... et je meurs,
d'une façon affreuse.... c'est un bonheur
pour moi, la vie m'eût été odieuse... Rosemont... Rosemont... ton ame est honnête,
tu eus peut-être voulu m'épouser..... je
t'épargne une action qui t'auroit coûté...
adieu... et vous mon père, vous ma mère
n'oubliez jamais votre fille infortunée,
consolez Rosemont... Rosemont consolez-
les, ils doivent vous êtes chers si vous
m'aimez... O sort ! ô destinée ! ô provi-
dence ! que vos coups sont affreux ! tout
quitter ! tout perdre... même l'honneur...
approche cher ami, disons-nous adieu...
dis que tu m'estimes encore... mon père,
donnez votre bénédiction à votre fille; em-
brassez-la : embrassons-nous tous, c'est
pour la dernière fois... O mort ! que dans
ce moment tu me parois douloureuse et
chère en même tems ! ne vous plus voir !...
ciel ! quelle réflexion ! vivre deshonorée!..
quelle alternative... O mon Dieu ! je sens
votre main qui s'appésantit sur moi... mes
yeux s'égarent..... Mon père, ma mère,

Rosemont. » Elle expira en prononçant leurs noms...

Cette perte n'accrut pas la douleur du Chevalier ; elle étoit à son comble ; la force des maux l'avoit rendu insensible. Tout-à-coup sortant de cette léthargie : « Elle est donc morte , s'écrie-t-il , et je ne puis me venger !... Fuyons cet indigne pays... mais où irai-je ! où en trouverai-je un plus favorable? tous m'ont été contraires. O désespoir ! l'enfer conspire contre moi !... je le défie. »

Calme-toi, mon fils, lui dit André, ne me quitte pas, console-moi. — Vous consoler ! moi , dont la vue doit augmenter vos peines , moi , qui par votre pitié généreuse , ne suis venu dans votre famille, que pour y apporter le trouble et la désolation : que ne me laissâtes-vous périr... voilà la récompense de votre charité , et vous voulez que je reste encore... non , généreux vieillard , laissez-moi vous délivrer de la vue d'un infortuné , qui vous retraceroit sans cesse vos maux... O mon amante !

ô la plus vertueuse des filles , ne m'avois-
tu conservé la vie que pour que je te cau-
sasse la mort ?

On voulut en vain le retenir , il quitta
le bon André et sa femme , affligés pour
toujours de la perte d'une fille chérie , et
animés d'une colère impuissante.

Pendant le tems que Rosemont avoit
habité le rustique toît d'André , il avoit
travaillé , et son travail lui avoit procuré
une somme assez honnête, elle lui suffit
pour gagner Paris ; c'est l'endroit où l'on
trouve le plus facilement des ressources.
Le sort le poursuivoit avec tant d'acharne-
ment, qu'il n'y comptoit pas : il arrive dans
cette grande ville, d'où il étoit sorti si jeune.
Que d'événemens depuis que je t'ai quitté ,
que de malheurs ! retrouverai-je dans ton
sein la tranquillité que j'ai perdue ?

Rosemont ne connoissoit personne à Paris ; il se ressouvint cependant qu'il pouvoit aller s'adresser à Monsieur le Pro-
viseur du Collège d'H..... où il avoit été
pensionnaire ; il y va ; ce respectable vieillard ,

lard, alors sur le déclin de l'âge, mais encore frais et vigoureux le console, le plaint, lui fait tout espérer : effectivement il s'y disposoit, lorsque la mort vint interrompre ses projets et priver la terre d'un homme qui avoit été le rival souvent heureux d'un des plus grands génies de la France, et avoit toujours partagé ses succès sans avoir jamais participé à ses erreurs (1). Encore! dit Rosemont, je lui ai surement porté malheur, je nuis à tout ce qui me sert.

Son petit trésor diminuoit tous les jours ; il ne savoit à qui s'adresser, son ancien Gouverneur étoit mort ; écrire a monsieur Dorville après sa fuite, cela n'étoit pas possible, que faire! il parcouroit les cafés, lieux où l'indigence trouve toujours un sûr refuge; il y étoit un jour, plongé dans ses rêveries, se chauffant, lorsque la pluie

---

(1) En supposant qu'on l'ait accusé justement.

H

fait entrer dans le café où il étoit, un officier fort bien mis.

Rosemont croit se tromper, il regarde, le fixe.... c'est Dorville..... oui c'est lui..... son premier mouvement est d'aller lui sauter au col, mais une réflexion sur lui-même, un regard qu'il jette sur son habit, sur son équipage misérable l'arrêtent..... Peut-être dit-il, au milieu de ce monde l'humilierois-je..... attendons qu'il soit dehors.....

Dorville fait quelques tours, il croit apercevoir Rosemont dans un coin..... il reste interdit, ils se regardent, Dorville ne peut méconnoître son ami, il l'embrasse mille fois, Rosemont ne peut croire ce qu'il voit, les hommes-jusques la, lui ont tous paru si pervers; cependant il se flatte que Dorville aura résisté à la contagion., il lui raconte sa triste histoire, son ami le plaint, Dorville lui raconte qu'étant dans un poste honorable, il n'avoit pas craint d'aller retrouver son père, qu'il lui avoit pardonné à condition d'épouser une riche héritière de Normandie, et qu'il avoit obéi.

La pluie étant cesséé, Dorville veut absolument le mener dîner avec lui ; Rosemont y consent ; ils entrent chez madame Dorville ; c'étoit une petite précieuse, de ces femmelettes évaporées par air, impertinentes par principes... C'est un de mes amis que je vous amène, Madame, lui dit Dorville... Elle se retourne et voit Rosemont mal mis... Monsieur ! dit-elle avec surprise, en pinçant la bouche, et détournant nonchalament les yeux sans se lever de dessus son fauteuil. — Oui, Monsieur, dit Dorville assez embarrassé. — J'en suis ravie, et elle continue sa toilette, sans proposer à Rosemont un siége : il sentit au vif cette réception : elle se fit apporter son chien, son chat ; causa avec sa femme-de-chambre, passa ensuite dans une autre chambre, sans faire la moindre politesse, la moindre excuse à Rosemont : Dorville souffroit !

On servit le dîner ; Dorville avoit beau l'appeller son ami, son cher ami, Madame ne lui faisoit pas un meilleur accueil ; elle

étoit humilié de voir à sa table un homme
plus mal mis que ses laquais.

Dorville après le repas sortit un instant;
Rosemont resta seul avec madame Dorville;
le silence régnoit; madame Dorville faisant
comme un effort le rompit, avec cette
bonté insultante, Monsieur, dit-elle,
(en travaillant à son métier), Monsieur
compte-t-il rester long-tems a Paris? — Je
ne sais Madame. — Ah je ne vous le
conseille pas.... dans la province, vous
vivriez a meilleur marché, et vous m'avez
l'air d'être mal à votre aise. — Effectivement, Madame, quoique né pour être
riche, je suis très-pauvre. — Très-
pauvre!..... Mais cela est fâcheux.... Après
tout vous avez de bon bras, et quand on n'a
pas d'autres ressources, mon enfant, il faut
travailler.— J'espérois en avoir, puisque j'ai
retrouvé mon ami. — Votre ami n'est pas
riche au moins, et il ne peut vous soutenir
sans.... — Madame je ne demande point
qu'on me soutienne; n'entrons point dans
des détails humilians, croyez que j'ai du

cœur et que je sais me passer d'autrui.
— Mais, par exemple, voila de l'orgueil;
ce n'est pas le moyen de faire quelque chose.
— C'est le moyen de n'avoir rien à se
reprocher. — Vous avez donc eu beaucoup
d'infortunes?..... Qu'on m'apporte mon
éventail... Si vous en faisiez un roman,
cela se vend.... Je vous promets d'en acheter un exemplaire... Mes cheveux sont-ils
mis... Oui !... Monsieur, je vous souhaite
le bon soir.

Je mérite bien ce traitement, s'écria Rosemont en la voyant partir, avoir voulu
essayer encore ! Je ne connoissois pas assez
bien les hommes... Race perfide, les malheurs des autres ne te touchent guères,
ils glissent sur ton cœur endurci.... Va, je
te maudis.

Rosemont rentre dans son grenier; au
bout de quelques jours, Dorville l'y vient
voir.... Pourquoi, ne plus venir chez moi ?
Tout en lui parlant, son air étoit contraint,
embarrassé; votre femme en est cause, lui
répondit Rosemont ; sa réception , son

accueil m'ont trop humilié, je ne suis
pas encore assez philosophe pour supporter
de sens froid le mépris...

Dorville prend le parti de son épouse, et
rejette tout sur la vanité de Rosemont, il
lui reproche son orgueil; Rosemont son
ingratitude ; Dorville sort, et le laisse en
proie à la douleur la plus vive.

Je n'avois plus qu'un ami, c'étoit mon
unique bien, le voila perdu pour moi, je le
croyois vertueux, le seul peut-être sur la
terre! J'étois fier de mon ami... Ce n'est
qu'un homme... Je suis donc trompé, que
vais-je faire?.... Mourir! Ce seroit le plus
sûr.... Mais soyons honnête homme jusques
au bout, et n'ayons rien à nous reprocher..
Me retirerai-je dans quelque Cloître.....
Chez ces moines, êtres si peu charitables...
Non, je ne les puis souffrir.... Occupons-
nous tout-à-fait de notre salut... Abandonnons les hommes, qui m'ont tant de fois
abandonné..... Un lieu sert d'asile aux
malheureux, allons y finir mes jours, nous
y humilier parmi les misérables... Y gagner

le Ciel... Bicêtre... Ah! vanité! tu souffres
à ce mot !.... Rôsemont ! sois plus ferme ;
Dieu t'entend, il te donnera des forces,
arme-toi de courage. Il dit, se décide, et,
plein d'une espèce de satisfaction jusqu'alors
inconnue, il prend le chemin de Bicêtre.

En voyant ce Château, dont l'aspect ne
fait pâlir que les coupables, il s'écrie. « *Ah!
Dieu soit béni, m'y voilà bientôt.* »

Il arrive, demande une place et l'obtient ;
sa douceur, son honnêteté, le font estimer
de tout le monde, il s'y occupe à travailler
à des ouvrages de paille, bénissant l'heureux
instant où il a quitté les hommes ; ses yeux
sont baissés, sa contenance modeste, son
visage gai et tranquille ; il ne parle presque
pas, il jouit de la meilleure santé, et attend
l'instant qui doit séparer son âme de son
corps, comme le sage, sans désir, ni
sans crainte.

F I N.